W0274585

www.blue-panther-books.de

Die Sexabenteuer der

Amy Morrison

vom Luder zum MistStück

Erotischer Roman

www.blue-panther-books.de

BLUE PANTHER BOOKS TASCHENBUCH
BAND 2165
1. AUFLAGE: MAI 2010

VOLLSTÄNDIGE TASCHENBUCHAUSGABE
ORIGINALAUSGABE

COVER: ISTOCK
UMSCHLAGGESTALTUNG: WWW.HEUBACH-MEDIA.DE
GESETZT IN DER TRAJAN PRO UND ADOBE GARAMOND PRO
PRINTED IN GERMANY
ISBN 978-3-940505-64-4
WWW.BLUE-PANTHER-BOOKS.DE

INHALT

Mit dem Gutschein-Code
AM2TBFPAW
erhalten Sie auf
www.blue-panther-books.de
diese exklusive Zusatzgeschichte als PDF.
Registrieren Sie sich einfach online
oder schicken Sie uns die beiliegende
Postkarte ausgefüllt zurück!

1. RückBlick: SilverWolf

»Du gefällst mir!«, sagte er leise, legte seine festen Lippen auf meinen vom Wodka noch feuchten Mund und schob gleichzeitig seine andere Hand wieder zwischen meine Schenkel, die sich ihm willig teilten.

Meine Hand sank ebenfalls herab, berührte seinen Schwanz, streichelte ihn mit der Zärtlichkeit seines Kusses ... und ich drängte anschmiegsam meine Brüste gegen seinen Bauch, als ich fühlte, wie er zwischen meinen Fingern wieder zu wachsen begann.

Dann führte er mich auf das hohe Bett, betrachtete mich eine kleine Ewigkeit lang, während ich mich darauflegte und die Beine für ihn spreizte, meine Brüste in die Hände nahm und sie ihm präsentierte, um ihn zu locken.

Und abermals bestieg er mich, dieser kraftvolle Wolf. Er legte sich zwischen meine Schenkel, schob seinen Schwanz ganz, ganz langsam in mich, die ich längst bereit war, nahm meinen Nacken in seine riesige Hand, schaute mir klar in die Augen ...

... und liebte mich!

Ich weiß, dass klingt jetzt seltsam, aber genau so war es. Bisher hatte ich nur gepoppt, gevögelt oder wurde gefickt. Doch jetzt und hier fühlte es sich zum ersten Mal an wie Liebe machen! Weil das, was ich dabei empfand, während er seinen warmen Schwanz in mir hin- und herschob, mich festhielt, mich küsste und mir dabei tief in die Augen schaute, mich nicht nur geil machte und unglaublich erregte, sondern auf eine ganz besondere Art und Weise mich absolut glücklich machte!

Und zum ersten Mal in meinem Leben lächelte ich beim Sex. Mein Herz raste, aber es war nicht das geile Rasen wie sonst, es fühlte sich eher an, wie ein über der Wiese tanzender Schmetterling. Ich nahm das Gesicht dieses wundervollen Mannes in meine Hände und küsste ihm mein Lächeln auf die Lippen.

Und so lächelten wir beide, während wir zärtlich, aber intensiv, Liebe miteinander machten. Ich drückte ihm mein Becken kreisend entgegen, streichelte sein Gesicht und seinen Rücken, während er sich in mich schob, meine Wangen und meine Stirn, meine Schultern und meine Brüste küsste. Schweißtropfen fielen von seiner Brust auf meinen Bauch. Zärtlich strich er mir das Haar aus der Stirn. Im Strahlen seiner klaren, hellen Augen, das über meine Haut und tief in meine Seele hineinrieselte, badete ich wie in einem Sonnenuntergang.

Er liebte mich von einem süßen, mich zunächst sanft von innen packenden und dann bis in die letzte Faser meines Leibes erfassenden Orgasmus zum nächsten ... hörte einfach nicht auf ... lag stark und schwer zwischen meinen ihm weit geöffneten Schenkeln ... es war wunderbar!

***

Ewigkeiten später lag ich an seine breite Brust gekuschelt, und er hatte schon wieder seine große, warme Hand an meine Wange gelegt.

Ich war total befriedigt, wie noch nie zuvor, und glücklich, ebenfalls wie nie zuvor. Und das irritierte mich. Ich fühlte mich unglaublich geborgen bei ihm ... viel zu geborgen und auch viel zu glücklich!

Was geschah mit mir? Ich war doch nur zum Ficken und zum Geficktwerden hierhergekommen ... und jetzt war ich auf einmal glücklich. Das war falsch, das durfte nicht sein! Allein schon nicht wegen Flo. Ich liebte doch ihn. Ich durfte doch nur mit ihm glücklich sein!

So widersinnig es klingen mag, aber auf einmal hatte ich nicht nur ein furchtbar schlechtes Gewissen, sondern fühlte mich auch noch ausgesprochen mies.

Ich hatte gerade den Fick meines Lebens genossen ... und fühlte mich mies! Und gleichzeitig war ich so furchtbar glücklich, dass ich das Gefühl hatte, es würde mir das Herz von innen heraus sprengen.

Silverwolf lächelte mich an und streichelte mit seinen Fingern meine Wange, meine Lippen. Und beinahe, wenn es mir nicht gerade noch rechtzeitig gelungen wäre, es zu unterdrücken, hätte ich gesagt: »Ich liebe dich!«.

»Ich muss jetzt gehen«, sagte ich stattdessen mit völlig brüchiger Stimme und völlig dem entgegengesetzt, was ich eigentlich fühlte, denn ich wollte nichts lieber auf der Welt, als einfach nur hierbleiben ... die Zeit anhalten und nie wieder etwas anderes erleben, als die zärtliche Schönheit der ruhigen Wildheit dieses mich so sehr berührenden Mannes.

Sein Lächeln starb. Er schaute mich einfach nur an.

»Wirklich«, bestätigte ich noch einmal. »Ich muss los.«

Wieder legte er seine Hand auf meine Wange. Aber sein Lächeln kehrte nicht zurück. »Wenn du jetzt gehst, süße Prinzessin, wirst du nie wieder herkommen dürfen.«

Ich schaute ihn entsetzt an.

»Das ist jetzt nicht dein Ernst«, flüsterte ich.

»Mein voller Ernst, Kleines!«, sagte er. »Ich erlebe gerade einen der schönsten Momente meines Lebens. Und du nimmst ihn mir einfach weg, wenn du jetzt gehst. Ich möchte, dass du bleibst.«

»Ich kann nicht!«, sagte ich mit belegter Stimme und entzog mich seiner Umarmung. »Ein andermal, vielleicht.«

»Es wird kein anderes Mal geben.« Er zog seinen Arm zurück, um mir das Aufstehen leichter zu machen. Ich setzte mich hin und wollte etwas sagen. Doch eine Geste seiner Hand schnitt mir das Wort ab. »Wenn du gehen musst, dann geh jetzt sofort. Und melde dich bitte nie wieder! Ich meine, ich will dann auch nichts mehr von dir hören oder lesen. Also keine Anrufe, keine SMS, keine E-Mails und kein Anschreiben mehr im Internet!«

»Aber«, setzte ich an.

»Kein Aber!«, unterbrach er mich mit seiner ruhigen tiefen Stimme, die allerdings jetzt wie eine Ohrfeige klang. »Geh!«

***

Ich ging ...

... und im Auto weinte ich ...

... die ganze Fahrt über.

Und dabei hatte ich keine Ahnung, dass es noch schlimmer werden würde.

2. SoulEater

Als ich am nächsten Tag Flo, meinen Freund, an der Universität traf, konnte ich ihm nicht in die Augen schauen. Obwohl es bei weitem nicht das erste Mal gewesen war, dass ich ihn betrogen hatte, so besaß ich dieses Mal ein wirklich schlechtes Gewissen und war mir sicher, er würde mir an der Nasenspitze ansehen können, was geschehen war. Aber Flo merkte gar nichts. Er verhielt sich wie immer. Er erzählte von seinen neuen Kursen und merkte nicht, dass ich ihm nur mit halbem Ohr zuhörte. Das merkte er eigentlich nie.

Eine dreiviertel Stunde später saß ich in der Bibliothek am Rechner und loggte mich in den Chat ein, in der vagen Hoffnung, *Silverwolf* hätte es sich vielleicht doch anders überlegt und mir eine Nachricht geschrieben. Aber ich fand nur eine von *Souleater* vor, in der er seine Einladung wiederholte, seine willige Lustsklavin und sein Sex-Toy zu werden.

Ich wechselte zu *Silverwolfs* Profil. Ich konnte erkennen, dass er online war, und er würde zweifellos sehen, dass ich auf seiner Seite war. Aber selbst nach einer halben Stunde, in der ich mich nicht wirklich auf meine Aufgaben konzentrieren konnte und immer wieder in den Chat ging, hatte ich noch keine Nachricht von ihm, auch war er nicht auf meine Seite gegangen.

Ich verfluchte ihn für seine Konsequenz, hatte aber auch

nicht die Traute, ihm gegen seinen ausdrücklichen Wunsch eine Message zu schreiben.

Pah! Wer nicht will, der hat schon!, dachte ich und öffnete noch einmal *Souleaters* Nachricht und antwortete mit drei einfachen Worten: »Wann und Wo?«

***

Zwei Tage später, nachdem ich im Büro Feierabend gemacht hatte, stand ich vor einer Arztpraxis. *Souleater* hatte mir zwar seine korrekte Adresse, seinen Namen und seine Festnetznummer gegeben, so wie ich es verlangt hatte, aber unser Treffen sollte hier stattfinden. Wieder hatte ich, nachdem ich die Richtigkeit seiner Angaben überprüft hatte, einen entsprechenden Umschlag bei meiner Schwester hinterlegt, die mich dieses Mal schon etwas seltsam angeschaut hatte.

Doch nun war ich hier, vor dieser Arztpraxis.

Ein Rollenspiel sollte es werden.

Patientin macht einen Arztbesuch.

Ich war gespannt!

Die Tür war verschlossen und wurde erst aufgesummt, als ich klingelte. Die Arztpraxis war leer.

»Untersuchungszimmer zwei!«, hörte ich eine Stimme rufen, nicht ganz so tief und fest wie die von *Silverwolf*, aber trotzdem sehr männlich und angenehm fordernd.

Ich ging den mahagonigetäfelten Gang entlang – ganz offensichtlich eine Privatpraxis – und erreichte nach wenigen Metern eine halb offenstehende Tür.

»Kommen Sie herein!«, wurde ich aufgefordert und betrat das Behandlungszimmer. Hinter einem großen mit medizinischen Fachzeitschriften bedeckten Schreibtisch saß *Souleater*. Er hatte einen weißen Arztkittel an, der über seinen muskulösen Schultern arg spannte, ein Stethoskop um den Hals und eine

Brille auf der schmalen Nase.

Die Verkleidung, so albern sie auch sein mochte, nahm ihm nichts von seiner animalischen Ausstrahlung. Ganz im Gegenteil: Sie war ein reizvoller Kontrast.

»Nehmen Sie bitte Platz!«, forderte er mich auf.

»Hallo!«, sagte ich lächelnd, aber er hob sofort die Hand.

»Drei Regeln, *sweet_princess*!«, sagte er im Befehlston. »Erstens: Du tust genau, was ich dir sage! Zweitens: Du sprichst nur, wenn du gefragt wirst, und drittens: Du tust nichts, aber auch gar nichts, aus eigener Initiative! Kannst du damit leben?«

Ich wusste, warum ich hier war ...

Allein das Bewusstsein, für ihn nur Spielzeug seiner Lust zu sein, machte mich heiß.

Also nickte ich.

»Gut!«, sagte er und nickte auch. Er nahm ein Krankenblatt in die Hand. »Dann machen Sie sich doch bitte mal frei, Miss.« Er senkte den Blick in das Blatt hinein und schaute mich für eine Weile gar nicht an. Ich öffnete erst den obersten, dann den zweiten Knopf meiner Bluse. Danach den dritten und vierten. Ich tat das so langsam und aufreizend – mit der Grazie einer Patientin, die ihren Arzt verführen wollte –, dass es sich anfühlte, als würde seine Hand meine Bluse öffnen, und ein wohliger Schauer rieselte mir über die Haut, kroch mir in die Brustspitzen und in den Schoß. Nicht zum ersten Mal fiel mir auf, wie verdammt leicht erregbar ich doch geworden war. Oder vielleicht schon immer gewesen war?

»Den BH bitte auch!«, sagte er ohne aufzusehen, und ich folgte der Anordnung des Doktors schweigend lächelnd.

Meine Brüste schwebten im Freien und die Nippel zogen sich in Erwartung der Dinge vorfreudig zusammen. Ich fühlte, wie mir die Hitze ins Gesicht stieg, eine Mischung aus Scham, hier halbnackt vor einem völlig Fremden zu sitzen, und Erregung, gleich von genau diesem Fremden gefickt zu werden.

Souleater erhob sich vom Stuhl, schaute mich jetzt erst an. Wenn ihn meine Brüste anmachten, verbarg er das geschickt hinter einem professionellen Gesicht.

»Erheben Sie sich bitte!«, bat er höflich und setzte sich die beiden Enden des Stetoskops in die Ohren.

»Hauchen Sie es bitte an, sonst ist es ein wenig kalt!«, sagte er und hielt mir die Metallsonde vor den Mund. Ich öffnete die Lippen und hauchte ... so verführerisch ich konnte. Ich fühlte, dass meine Beine leise zu zittern begannen.

Er setzte das Metall etwas unterhalb meiner linken Brust auf meine Rippen.

»Einatmen bitte.«

Ich atmete ein. Sein männlicher Duft stieg mir in die Nase. Seine Nähe bereitete mir eine wohlige Gänsehaut. Ich sah seine starken sehnigen Hände ... direkt unter meinen schwebenden Brustspitzen.

»Jetzt ausatmen!«

Ich atmete aus, und es klang schon wie ein leises Stöhnen.

»Wo tut es denn weh?«

Zaghaft deutete ich mit einem Finger auf meinen linken Nippel. Er setzte das Stetoskop daran, und ein kleiner Blitz zuckte mir unter die empfindliche Haut meiner Knospe. Sie wurde noch härter, und er drückte das Metall ein bisschen fester in mein Fleisch hinein. Ein neuer Schauer durchlief mich.

»Und wo noch?«, wollte er wissen.

Ich zeigte auf meinen zweiten Nippel, und er wiederholte das lustbringende Spiel. Dann setzte er das Stetoskop ab und griff nach meinen Brüsten, fasste sie zunächst ganz zart an.

»Tut das weh?«, fragte er.

Ich schüttelte den Kopf.

Er drückte etwas fester zu. »Tut das weh?«

Wieder schüttelte ich den Kopf, wobei mir der festere Griff das Wasser in die Muschi trieb und meine Nippel sich anspannten, als wollten sie platzen.

»Und das?« Jetzt drückte er richtig hart zu, aber statt dass es wehtat, machte es mich noch geiler. Ich stöhnte auf, schüttelte aber den Kopf. Und plötzlich, ohne jede Vorwarnung, wurden aus seinen Händen förmlich Schraubzwingen, die meine Brüste so fest quetschten, dass ich glaubte, sie würden platzen.

»Und das?«

Ja, es tat weh. Aber es war auch geil! Die Zähne in meine Unterlippe grabend, nickte ich.

»Gut!« Er grinste und drückte noch fester zu.

Ich stöhnte lauter.

Er drehte und zog an meinen Brüsten. Mein Becken zuckte, als hätte er mit seiner Hand zwischen meine Beine gefasst.

»Sehr gut!« Dann ließ er ab von mir. »Bitte machen Sie sich völlig frei!«, sagte er, und sein Ton war jetzt wieder ganz verbindlich höflich.

Ich schlüpfte aus meinem Rock.

»Die Strümpfe und die Schuhe können Sie anbehalten.«

Also zog ich nur meinen Slip aus. Er schaute mich lange von oben bis unten an und tat dabei sehr kühl, aber das Flackern in seinen Augen verriet, dass ich ihm offenbar sehr gut gefiel.

»Setzten Sie sich bitte dort drüben auf die Liege.«

Ich ging hinüber zu einer hohen, schwarzen ledernen Liege, die vor der Wand stand und kletterte hinauf. Er nahm den kleinen Metallhammer vom Tisch, mit dem man die Reflexe im Knie testete, holte sich einen Drehstuhl heran und setzte sich vor meine leicht gespreizten Beine.

»Öffnen Sie bitte Ihre Beine für mich!«

Ich tat es, und ich konnte nun selbst sehen, wie sehr meine Knie vor Erregung zitterten. Aber an meinen Knien war der Doktor gar nicht interessiert. Er führte den Hammer mit einer bewusst langsamen Bewegung hin zu meiner Muschi und berührte sie. Dieses Mal hatte er mich vorher nicht auf das Metall hauchen lassen, und es war eiskalt. Ich zuckte zusammen. Doch er ließ sich davon nicht beirren und teilte mit dem Hämmerchen meine Schamlippen, drückte sie untersuchend hin und her. Dann holte er aus seinem Arztkittel ein Paar dünne Gummihandschuhe und zog sie sich über.

»Das könnte jetzt ein wenig unangenehm werden«, behauptete er und schob mir die Spitze seines Zeigefingers hinein. Es war alles andere als unangenehm. Ich biss mir auf die Lippen. Dann führte er seinen zweiten Zeigefinger hin zu meinem Kitzler, legte ihn frei und streichelte ihn.

Es wunderte mich ein bisschen, was das denn nun mit Dominanz zu tun haben sollte, außer dass er mir Regeln gegeben hatte, aber das Spiel seiner Finger gefiel mir trotzdem. Ich lehnte mich zurück, schloss die Augen und genoss seufzend.

»Hinknien!«, sagte er unvermittelt in einem plötzlich viel schärferen Ton.

Ich schrak aus meinem Wohlgefühl auf und kletterte eilig und gehorsam zu Boden, kniete mich hin.

»Zeit für Ihre Medizin!«

Der Sprung war etwas krass, aber durchaus willkommen. »Medizin« war jetzt genau das, wonach mir der Sinn stand. Er öffnete seinen Reißverschluss und holte seinen Schwanz hervor. Es war ein schöner, großer dunkler Schwanz mit vielen Adern. Fast so groß wie der von Flo.

»Mund auf!«, befahl er, und ich öffnete die Lippen.

»Zunge raus!« Er legte mir seinen Schwanz auf die Zungenspitze. »Und jetzt sagen Sie brav ›Aah‹!«

»Aah!«, sagte ich, und er schob mir sein warmes Fleisch zwischen die Lippen, wo es noch weiter wuchs. Instinktiv begann ich zu lutschen.

»Halt still!«, befahl er, und ich hörte damit auf. »Halt einfach nur den Mund auf!« Dann packte er mein Haar zu einem dicken Zopf, hielt meinen Kopf fest und begann, in meinen Mund hineinzuficken.

Sieben, vielleicht acht tiefe Stöße, die mich röcheln ließen, mehr waren es nicht, und ohne mich vorgewarnt zu haben oder erst einmal um Erlaubnis zu bitten, spritzte er seinen warmen klebrigen Saft in meine Kehle.

Ich hatte mich fast verschluckt. Er hielt meinen Kopf ganz eng an seinen Schoß gepresst, während er seine Sahne in mich pumpte, und ich konnte nichts anderes tun, als sie einfach zu schlucken.

Aber während mich das vor der Begegnung mit *Silverwolf* noch angeekelt hatte, machte es mich jetzt an. Allerdings war ich überrascht, und auch ein wenig enttäuscht, dass es so schnell gegangen war. Doch meine Enttäuschung war verfrüht.

Denn, während bei jedem Mann, den ich bisher kennengelernt hatte, der Schwanz nach dem Abspritzen erst einmal weich und kleiner wurde, blieb der von *Souleater* hart. Kerzengerade und wippend stand er von ihm ab.

»Zieh mir die Hose aus!«, befahl er, und ich streifte sie ihm herunter, half ihm aus den Schuhen und den Strümpfen, während er sich Kittel, Brille und T-Shirt auszog. Die Muskeln seiner breiten Brust und seines flachen Bauches waren makellos durchtrainiert, glatt und fest wie in Marmor gemeißelt. Ich hatte das Gefühl, ich knie vor einer Statue von Michelangelo.

»Zurück auf die Liege!«

Ich kletterte wieder hoch, und er drückte mich auf den Rücken hinunter, nahm meine Arme, führte sie mir hoch über den Kopf und verschränkte und fesselte sie mit den dünnen Gummischläuchen des Stethoskops an das eine Bein der Liege.

Noch immer betrachtete ich völlig fasziniert seinen nicht erschlafften Schwanz. Ich hatte von solchen Männern, deren Erektionen manchmal über mehrere Ergüsse hinweg angehalten werden konnten, gelesen. Die Medizin nannte sie »Satyre«, nach den sexuell unersättlichen Faunen der griechischen Mythologie.

Und ebenso unersättlich war auch *Souleater*, wie ich jetzt erfahren sollte.

Mit groben Griffen teilte er meine Schenkel, nahm seinen Schwanz in die Hand und schob ihn direkt ganz tief in mich hinein. Er dehnte mich weit und füllte mich völlig aus. Ich konnte jeden Zentimeter dieses Prachtschwanzes spüren, und stöhnte laut und rau auf. Dann packte er mich an den Oberschenkeln und begann damit, mich fest und drängend zu ficken.

Mit gefesselten Händen war ich wehrlos – und das war geil! Er stieß sich in mich und packte meine Brüste, quetschte sie so hart und unbarmherzig wie vorhin, und die Kombination dieser festen Griffe und seiner Fickstöße raubte mir den Verstand.

Ich stöhnte ... ich keuchte ... ich schrie vor Geilheit!

Am liebsten hätte ich laut Ja! gerufen, aber ich biss mir auf die Lippen, weil mir das Reden ja verboten war.

Noch nie hatte sich meine Muschi so ausgefüllt angefühlt, noch nicht einmal bei Flo.

Vor und zurück glitt das dicke Fleisch in mir, mit jedem tiefen, kraftvoll ausgeführten Stoß mein Becken in die Höhe hebend und auf die Liege nieder klatschen lassend, wenn er sich aus mir zurückzog.

Er fickte mich völlig gefühllos, aber er fickte mich gut.

Hart ... tief ... fest ... mit seinem riesigen Schwanz.

Ich konnte gar nicht anders, als gewaltig kommen.

Nach Luft japsend bäumte ich mich auf, am ganzen Leib zitternd und bebend, meine Waden um seinen Arsch wickelnd, um ihn noch tiefer in mich zu drücken in diesem Wahnsinnsmoment.

Aber wie vorvorgestern *Silverwolf*, so interessierte das auch *Souleater* nicht die Bohne. Er fickte weiter. Und ich war gefesselt. Er trieb seinen gewaltigen Prügel in meine Muschi wie einen Hammer, und ich konnte meinen eigenen Saft quatschen hören, fühlte wie meine Muschi unkontrolliert zuckte, an diesem Schwanz lutschte, der sie fest aufgespießt hatte und noch fester fütterte, sie immer nasser machte und mehr und mehr zum Glühen brachte. So wie meine Nippel brannten, die er noch immer in seinen schraubstockartigen Händen gequetscht hielt und an ihnen zerrte.

BAMM! BAMM! BAMM!

Die Liege knallte mit jedem Fickstoß gegen die Wand. Im gleichen Takt braute es sich schon wieder in mir zusammen.

BAMM! BAMM! BAMM!

Mir lief der Schweiß in einem kleinen Bach zwischen den Brüsten zusammen, über den Bauch ... zwischen meinen Beinen war es eh fürchterlich geil nass.

Ich biss die Zähne aufeinander und ließ es mir von tief innen heraus flutwellenartig kommen. Auf diesen Moment schien *Souleater* gewartet zu haben. Er, was ich nicht mehr für möglich gehalten hätte, verschärfte das Tempo seiner Stöße und kam, als es mir kam. Mit einem lauten Brüllen und schnaufend über mich gebeugt, spritzte mir sein pochender Schwanz seinen Saft in die Muschi. Ich hatte das Gefühl, als könnte ich jeden einzelnen seiner kräftigen Spritzer in mir ganz deutlich spüren.

Er ließ mich einen Moment lang verschnaufen. Dann schickte er mich mit immer noch hartem Schwanz zu einem Waschbecken in der Zimmerecke und befahl mir, ihn zu waschen. Mit zittrigen Beinen beugte ich mich über das Becken, um eines der Frotteetücher nasszumachen.

Mein Anblick von hinten ließ ihn seine Pläne plötzlich ändern, und er trat an mich heran, fasste mich an der Taille, drückte mich nach vorn und schob mir seinen Schwanz noch einmal in die Muschi, um mich jetzt im Stehen zu ficken.

Und er tat es gut!

Erst nachdem ich zwei weitere Male und er auch noch einmal gekommen war, ließ er mich ihn waschen. Wir sprachen dabei kein Wort miteinander, aber das war auch nicht nötig.

Als ich fertig war, sagte er mir, ich solle mich anziehen und gehen, und ihm nächste Woche am gleichen Tag wieder zur Verfügung stehen.

»Das nächste Mal wird es wehtun!«, sagte er, als ich gerade aus der Tür ging.

Ich lächelte.

3. SilverWolf

So geil das Treffen mit *Souleater* auch gewesen sein mochte, ich vermisste *Silverwolf* wie die Hölle.

Ich konnte mir selbst nicht erklären, woran das lag, zumal ich ihn doch nur dieses eine Mal getroffen hatte. Bisher waren die Männer, die ich durch das Internet kennengelernt und mit denen ich ein Date gehabt hatte, unpersönlich geblieben – eben nur ein Ersatz für das, was ich in der Beziehung zu Flo nicht fand: geilen, freien, experimentierfreudigen, unkomplizierten und damit erfüllenden Sex.

Rein faktisch hatte sich mein Treffen mit *Silverwolf* nicht von den Treffen mit den anderen unterschieden. Aber etwas war geschehen, was mich berührt hatte, was mich immer und immer wieder an ihn denken ließ. Wenn ich mich nach ihm sehnte – und es verging kein Tag, an dem ich das nicht tat –, dann sehnte ich mich nur zum Teil nach dem umwerfenden, alles vergessen machenden Sex mit ihm. Natürlich wollte ich den wieder haben, ihn wenigstens noch einmal erleben, aber viel mehr vermisste ich diesen Moment, in dem er mir seine warme starke Hand auf die Wange gelegt und ich mich zum ersten Mal in meinem Erwachsenenleben wieder so geborgen gefühlt hatte und beschützt wie ganz früher als kleines Mädchen bei Mama und Papa. Ich vermisste das Liebemachen mit ihm, das Strahlen in seinen lächelnden Augen.

Unwillkürlich musste ich bei der Erinnerung an *Silverwolfs* Hand auf meiner Wange an das denken, was mir damals *LonelyHeart* nach unserem Treffen in der Pension geschrieben hatte: »... aber so richtig geschehen um mich war es erst, als du mich nachts zugedeckt hast, damit ich nicht friere ... mit dieser kleinen fürsorglichen und liebevollen Geste hast du mein einsames Herz wieder zum Schlagen, ja zum Brennen gebracht und für dich gewonnen ...«

War mein Herz denn einsam?

Ich hatte doch Flo ...

... und für das gut Geficktwerden nun auch noch *Souleater*.

Ich sage ja, ich konnte es mir selbst nicht erklären, aber ich vermisste *Silverwolf*. Ich hätte ihm das so gern mitgeteilt und ihn darum gebeten, ihn wiedersehen zu dürfen.

Er aber hatte mir unmissverständlich zu verstehen gegeben, dass er nichts mehr von mir sehen oder hören wollte, als er es sich ausdrücklich verbeten hatte, dass ich ihn noch einmal anrief, ihm eine SMS oder E-Mail schrieb oder ihn im Internet kontaktierte.

Mir poppte eine Idee ins Hirn: von einem »normalen« Brief hatte er nichts gesagt!

Mir war klar, dass er das nur nicht getan hatte, weil er in dem Moment nicht daran gedachte hatte, einen normalen Brief explizit zu erwähnen. Aber ich nahm es trotzdem als Aufhänger, setzte mich an den Schreibtisch und holte einen Briefbogen hervor.

Nach zwei Stunden saß ich immer noch da und der Briefbogen war noch immer leer. Ich hatte keine Ahnung, was ich ihm schreiben sollte. Er hatte mich berührt, ich vermisste ihn, und ich wollte ihn wiedersehen. Ich wollte, dass er mir verzieh, dass ich in jener Nacht gegangen war, obwohl er mich so ausdrücklich gebeten hatte, zu bleiben. Ich wollte, dass er wusste, dass es mir das Herz zuschnürte bei dem Gedanken daran, ihn nie wieder zu sehen, nie wieder spüren zu dürfen. Denn so albern mir das selbst vorkam, genau so fühlte es sich an.

Es dauerte eine weitere Stunde, ehe mir einfiel, ihm vielleicht genau das zu schreiben. Nicht irgendetwas zu faseln oder um den heißen Brei herumzureden, sondern ganz offen und ehrlich, sehr direkt, zuzugeben, was in mir vorging.

Lieber Silverwolf,

es tut mir leid, dass ich in jener Nacht gegangen bin, obwohl Du mich ausdrücklich gebeten hattest, zu bleiben. Der Gedanke, Dich nie wieder zu sehen, Dich nie wieder spüren zu dürfen, schnürt mir das Herz zu.

Du hast mich berührt.

Ich vermisse dich!

Deine Amy

Zunächst hatte ich ihn noch ausdrücklich darum bitten wollen, mich wieder anzunehmen, aber das musste ich ihm überlassen. Das konnte nur er entscheiden, nachdem er meinen Brief gelesen hatte.

Ich machte mich auf den Weg, den Brief zur Post zu bringen. Aber dann überlegte ich es mir anders. Wenn ich ihn persönlich vorbeibrachte und ihn in den Briefkasten warf, würde er ihn vielleicht heute noch lesen. Also rief ich meine Schwester an und borgte mir ihr Auto.

Wie schon bei der ersten Fahrt zu ihm hin, war ich furchtbar aufgeregt, obwohl ich wusste, dass ich ihm diesmal nicht begegnen würde. Meine Hände am Lenkrad waren feucht, und ich drehte die Musik auf volle Lautstärke, um mich abzulenken.

Als ich ankam, stellte ich den Wagen ein paar Straßen weiter weg ab, damit er ihn nicht vielleicht vom Fenster aus sehen würde. Wie eine Diebin schlich ich mich an Mauern und Hecken entlang, bis hin zu dem kleinen Holzhaus am Ortsrand.

Ich kam mir völlig albern vor. Das Ganze war mir so peinlich. Ich überlegte kurz, ob ich die Aktion abblasen sollte, aber dann würde ich ihn nie wieder sehen ... und das fühlte sich unerträglich an!

Ich stahl mich leise den schmalen Gartenpfad aus Bruchsteinen entlang, bis hin zu der Treppe, die erst auf die Veranda und dann zu seiner Haustür führte, neben der der Briefkasten befestigt war.

Gerade hob ich die Klappe des Briefkastens ...

... als direkt neben mir die Tür aufging ...

... und mir das Herz in die Kehle sprang.

Denn genau vor mir stand *Silverwolf*! Fast eins neunzig groß, breit und kräftig gebaut, mit seinen paar Kilos zu viel, Glatze, Kinnbart und seinen blaugraugrünen blitzenden Augen, die mir, wie schon zuvor, direkt in die Seele stachen.

Ich zuckte vor Schreck zusammen und ließ den Brief fallen. Er hob ihn auf, sah ihn ganz kurz und dann mich eine kleine Ewigkeit lang mit ernstem Gesicht an – mein Pulsschlag hatte sich verdoppelt und ich fühlte, dass ich knallrot geworden war. Meine Finger zitterten. Ich stand in Jeans und Turnschuhen vor ihm, die ungewaschenen Haare zu einem Pferdeschwanz zusammengebunden, ungeschminkt. Ich kam mir vor wie eine kleine hässliche Laus.

Dann ...

... lächelte er – auf eine bei ihm sehr seltsam wirkende milde Art, hob die Hand und legte sie mir sanft an die Wange.

Und plötzlich hörte ich auf zu zittern.

Einfach so. Nur, weil er mich berührt hatte.

Er trat einen Schritt zu mir hin, seine Hand glitt von meiner Wange in meinen Nacken, und er zog mich mit dieser einen so starken Hand langsam, aber unaufhaltsam zu sich heran und senkte seinen Mund auf meine Lippen. Instinktiv warf ich meine Arme um seine breiten Schultern und presste mich an ihn, erwiderte seinen zärtlichen Kuss mit vielleicht ungebührlicher, aber tief empfundener Leidenschaft.

Oder war es Sehnsucht?

Oder Freude?

Oder Glück?

Ich weigerte mich, darüber nachdenken zu wollen oder zu müssen. Ich war auch schon gar nicht mehr in der Lage dazu, als er mich noch enger in seine starken Arme riss und mich mit seiner wilden Zunge fütterte. Augenblicklich sprangen meine Nippel hart und stachen ihm durch das T-Shirt hindurch gegen den festen Bauch.

Er zog mich durch die Tür ins Haus hinein. Doch statt mich nach rechts zu führen, in das Wohnzimmer, in dem er mich bei unserem letzten Treffen so geil auf dem großen runden Holztisch gefickt hatte, führte er mich heute nach links, in seine Küche, die auf eine witzige, charmante Weise völlig veraltet und stillos eingerichtet war.

Ein uralter riesiger Küchenschrank – lieblos mit so vielen Schichten weißer Farbe bemalt, dass man überall Tropfen und Lacknasen sah – stand auf der Südseite des Raums neben einem Fenster, das auf die Veranda hinausging. Dem Schrank gegenüber standen ein Gasherd und ein kleiner Kühlschrank, beide mit bunten Abziehblumen beklebt. Die gesamte Einrichtung wies darauf hin, dass er die Küche wohl so belassen hatte, wie er sie von dem Vorbesitzer oder der Vorbesitzerin des Hauses übernommen hatte.

Auf der Westseite war ein weiteres Fenster über einer weißen Anrichte. Und auf diese Anrichte setzte er mich jetzt.

»Möchtest du ihn mir vorlesen?«, fragte er mich und hielt meinen Brief vor mich hin.

Ich wurde noch röter als mich sein Kuss schon gemacht hatte, schlug die Augen nieder und schüttelte den Kopf. Er legte den Umschlag neben mich auf die Anrichte, führte einen Finger unter mein Kinn und hob meinen Kopf.

»Schau mich an!«, sagte er und lächelte. Dann legte er mir seinen Daumen auf die Lippen, und ich küsste ihn, lächelte zurück.

Ohne ein weiteres Wort griff der gewaltige Mann vor mir an meinen Gürtel und öffnete ihn mit ruhigen, bedachten und dennoch sicheren Bewegungen. Mir schoss das Blut in den Schoß, aber auch in die Wangen, als mir einfiel, dass ich heute unter der Jeans ein ganz normales Alltagshöschen trug: weiße Baumwolle mit Blümchen drauf. Gott, war mir das peinlich! Noch keiner meiner Internet-Männer hatte mich jemals in etwas anderem als Seide oder Spitze gesehen. Fast hätte ich *Silverwolfs* Hand von meiner Hose wegnehmen wollen. Doch meine eigene Lust und vor allem aber seine fordernde Art ließen das nicht zu.

Er öffnete den Knopf und den Reißverschluss. Dann zog er mir die Turnschuhe aus und streifte anschließend die Jeans nach unten. Er tat das alles so gelassen und ruhig, dass ich jedem anderen Mann Desinteresse oder aufgesetzte Coolness unterstellt hätte. Nicht aber ihm. Ich kannte die wilde Kraft, die in ihm wohnte, die zunächst so ruhig, so schlummernd erschien.

Jetzt saß ich im T-Shirt, dem einfachen Höschen und Sportsöckchen vor ihm auf der Anrichte. Er schaute erst mich an, mein Gesicht – so als wollte er meinen Anblick auf ewig in sein Gedächtnis graben –, dann entdeckte er mein Höschen

... und lächelte. Und in diesem Moment hätte ich schwören können, dass dieses Lächeln ein glückliches war.

Er griff mir mit seinen beiden starken Händen an die Taille, wobei ich mich an das Fenster nach hinten lehnte, und schob mir das T-Shirt nach oben über meine nackten Brüste. In einer Mischung aus Genuss und Schüchternheit schloss ich die Augen und sog die Luft ganz langsam, aber tief in meine Nase hinein, als er mit seinen Zeigefingern kleine kurvig geschwungene Linien auf meine Haut zu malen begann.

Es fühlte sich an, als würde er uralte magische Symbole in mich hineinzeichnen, kraftvolle Runen, die mich durch und durch mit dem Zauber seiner Lust erfüllten. Mein Mund öffnete sich von selbst und ich seufzte, als ich mit geschlossenen Augen den Weg seiner Finger verfolgte: über meinen Bauch hinweg ... um meinen Nabel herum, sodass es fast kitzelte ... langsam hinauf zu meinen Brüsten ... sie jedoch aussparend, indem er seine Finger zwischen ihnen hindurch zu meinen Schultern hochführte ... zu meinem Hals ... sich nach vorn beugend, mein Gesicht in die Hände nehmend, um mich langsam, aber kraftvoll und tief auf den offenen Mund zu küssen. Er lutschte an meinen warmen weichen Lippen, während seine Finger weiter zeichneten ... in meinem Nacken ... in meinem Haar, das er nun öffnete, sodass es mir über die Schultern hinabfiel ... an meinen Wangen ... meinen Schläfen zu meinem Mund. Als er seine Lippen von meinen löste, wanderte sein Gesicht nach unten.

Ich lutschte sinnlich an den Spitzen seiner beiden Zeigefinger, als sein Mund endlich meine Brüste fand. Er streifte mit den Wangen an ihnen entlang, streichelte sie genussvoll, atmete ihren Duft tief ein und leckte sie zärtlich ab. Seine Zunge umkreiste meine Nippel und zauberte sie noch härter.

Er nahm sie zwischen seine Zähne, zupfte und lutschte daran. Allmählich begann er fester und hungriger daran zu saugen.

Er zauberte uns beide langsam, aber dafür umso tiefer in einen wundervollen, ekstatischen Rausch. Ein wohliger Schauer nach dem anderen rieselte mir unter die Haut. Mit meinen Händen streichelte ich seinen Nacken, seine breiten Schultern, griff über seinen Rücken nach unten zum Saum seines Hemdes und zog es ihm mit dem T-Shirt zusammen über den Kopf.

Inzwischen hielt er meine beiden Brüste mit seinen Händen fest gepackt und stopfte sie sich abwechselnd in den Mund hinein. Ich war mir nicht sicher, was mehr glühte: seine Lippen oder meine Nippel.

Ich stöhnte auf.

Dann begann er meinen Bauch zu küssen ...

... und alles in mir schrie jauchzend auf vor Freude ...

... Vorfreude!

Seine Finger nestelten sich unter den Bund meines Blumenhöschens und streiften es nach unten weg.

Fast andächtig ging er vor mir auf die Knie und legte sich meine jetzt schon leise bebenden Schenkel auf die Schultern. Noch ehe er mich wirklich berührte, konnte ich die Hitze seines Gesichts auf der nackten Haut meiner Muschi fühlen, und ich hörte, wie er versonnen meinen Duft in sich aufsaugte ...

... ehe er dann seine Lippen auf mich senkte ...

... und ich laut aufstöhnte, als seine zunächst federleichte Berührung wie ein Donner in mich hineinfuhr.

Ich konnte fast fühlen, dass er lächelte. Zufrieden lächelte über die pure Reinheit meiner Lust. Die Willigkeit meiner Hingabe, ihn alles mit mir tun zu lassen, wonach ihm war.

Und jetzt war ihm danach, mich ausgiebig zu lecken, mich dafür zu belohnen, dass ich zurückgekehrt war, meinen Fehler, in jener Nacht gegangen zu sein, zugegeben und bereut zu haben. Er brauchte den Brief nicht zu öffnen, er konnte in mir lesen, wie in einem offenen Buch. Und genau so offen hockte ich nun halb liegend vor ihm auf der Anrichte seiner Küche, die Beine weit geteilt, während seine Finger meine Brüste kraftvoll zärtlich auf der angespannt prickelnden Haut bespielten ...

Ja!, rief ich stumm in die fast ohrenbetäubende Stille meiner wie weggefegten Gedanken hinein. *JA!*

Ich war nass. Ich war heiß. Ich war sein!

Sein Bart kitzelte meine Schamlippen, während seine Zunge sich ihren feuchten Weg um meinen Kitzler herumbahnte. Jeder einzelne der kleinen kraftvoll gezeichneten Kreise ließ mich aufzucken, brachte mich zum Erbeben. Mit einer fahrigen Bewegung nahm ich eine seiner Hände von meinen Brüsten weg und steckte mir zwei seiner Finger in den Mund, um daran lutschen zu dürfen, sie mit meiner Zunge zu umspielen, so wie er meine Klit umspielte, sie schleckte und peitschte.

Sein Atmen war gleichmäßig, auch sein Lecken, und genau so war der Druck seines Gesichts zwischen meinen Schenkeln kraftvoll und drängend. Geduldig drängend.

Oh bitte, lass das niemals aufhören!, flehte ich wortlos, wünschte ich mir doch zugleich berauschende Erlösung von dieser köstlichen Qual.

Aber die Wahl war nicht die meine.

Er leckte mich so geschickt – mal fest, mal zart, aber immer unnachgiebig gezielt –, dass ich schon nach wenigen Sekunden fühlte, dass es mir gleich kommen würde. Früher, bevor ich *Silverwolf* getroffen hatte, hätte ich versucht, es hinauszuzögern oder gar, es überhaupt nicht zuzulassen, es mir für das Danach aufzuheben. Aber durch ihn wusste ich, dass ich immer und immer wieder kommen konnte, und dass jedes Mal besser war, als das Mal davor. Also ließ ich es zu.

Ich packte mit einer meiner Hände die Kante der Anrichte, hielt mich fest. Mit der anderen griff ich in seinen starken Nacken, zog ihn dichter an mich, während ich ihm mein Becken und meine Muschi entgegenpresste.

Auf und ab jagte seine Zunge, traf mit jedem ihrer festen Schläge meine Klit. Im gleichen Takt zuckte mein Arsch. Ich hechelte meinem ersten Orgasmus entgegen.

»Ja!«, keuchte ich mit trockenem Mund. »Ja! Ja! Ja!«

Ich biss mir auf die Lippen, alles in mir spannte sich ruckartig an, ich verkrallte mich … und kam!

Mir wurde abwechselnd rot und schwarz vor Augen. Sterne, Blitze, Blumen explodierten. Seine starken Finger gruben sich tief in das weiche Fleisch meiner Nippel … und ich kam doppelt. Kam in meiner Muschi und in meinen Brüsten.

»Jaaaaaaa!«, schrie ich noch einmal auf …

… und sackte in mich zusammen.

Doch *Silverwolf* war nicht der Mann, der sich damit zufrieden gab. Er stand auf, öffnete seine Hose, ließ sie nach unten fallen und stieg aus ihr heraus.

»Mach ihn hart!«, befahl er, und ich öffnete die völlig verschleierten Augen, griff mit beiden Händen gierig zwischen meinen Beinen hindurch nach seinem halbfesten Schwanz. Wie bei unserer ersten Begegnung war er nackt rasiert und fühlte sich warm an. Er wuchs in meine fordernd streichelnden Finger hinein, und *Silverwolf* stellte sich noch dichter an mich heran. Ich nahm sein Fleisch und drückte es an meinen Kitzler.

»Ja!«, sagte er. »Spiel mit uns!«

Und das tat ich. Ich rieb seine Schwanzspitze in meiner Nässe auf und ab, benutzte sie wie ich sonst die Spitze meines

Dildos benutzte, um mich noch bereiter zu machen, als ich ohnehin schon war. Durch *Silverwolfs* Zunge war mein Kitzler jetzt ganz besonders empfindlich, und jedes Mal, wenn ich seine immer fester werdende Eichel darüberrieb, fühlte es sich an, als würde ich gleich wieder kommen.

»Schau mich an!«, sagte er mit seiner unvergleichlich tiefen und sinnlichen Stimme – und ich schaute ihn an. Schaute ihm tief hinein in diese unergründlichen so kalt und zugleich so warm und einfühlsam erscheinenden Augen. Sah, wie er breit und stark vor mir stand, genoss, wie seine Hände meine inzwischen feurig brennenden Brüste und mein nicht minder glühendes Gesicht streichelten.

Er lächelte ...

... und ich war beherrscht von diesem Lächeln, das so sicher war und so selbstverständlich. Ich wollte hingebungsvoll meine Augen schließen, doch sein fester Blick bannte mich, dirigierte mich, nun seinen inzwischen harten Schwanz in mich hineinzuschieben. Ganz langsam. Ich genoss jeden einzelnen Zentimeter ließ mir die Luft rauben.

Dann fing er an mich zu ficken. Er hielt mich an den Brüsten und im Nacken und drückte sich in mich hinein ...

... zog sich langsam zurück, um noch kraftvoller in mich zu drängen.

Ich japste ...

... und lächelte.

»Schau mich an!«, wiederholte er fast grollend, als meine Augen sich nun doch wie von selbst schließen wollten. Und ich schaute ihn an ... trank das kalte Feuer seines Blickes, mit dem er mich ebenso unnachgiebig auf die Anrichte nagelte, wie mit seinem harten Schwanz.

Ich fühlte sein Fleisch am Eingang meiner Muschi, dann tief

in mir drin und ergab mich dem festen Griff seiner Hand an meiner Brust, dessen Nippel er hart zwischen seinen Fingern quetschte. Ich drückte den Nacken in seine andere Hand und ließ mich ficken ... ficken ... ficken!

Wie er verlangte, hielt ich dabei die Augen offen, so schwer es mir auch fiel, und schaute ihn an, diesen starken Mann, wie er seine Lust in mich trieb, wie seine breite Brust sich dabei hob und senkte, wie die Muskeln seiner Schultern und Arme sich mehr und mehr abzuzeichnen begannen und sich Schweiß auf seiner hellen Haut sammelte.

»Jetzt – komm – für – mich!«, sagte er mit seiner tief in meinen Bauch dringenden Wolfsstimme ...

... und ich konnte nicht anders! Als hätte er den Takt seiner Stöße schneller oder härter gestaltet, fester und gieriger zu ficken begonnen – was er alles nicht tat –, überschwemmte mich der rote Rausch, und nur, weil er so wollte!

Ich kam!

»Oh, mein Gott!«, schrie ich, von der Gewalt dieses Orgasmus ebenso überrascht wie von der Tatsache, dass es mir überhaupt kam, nur weil er es befohlen hatte.

Er stieß weiter in mich hinein und nahm seine Hand von meiner Brust.

»Noch – einmal!«, forderte er ...

... presste mir den Daumen hart auf den Kitzler ...

... und ich lieferte!

Genau so fühlte es sich an. Er verlangte, und ich gab. Nicht länger *ich* hatte die Kontrolle über meinen Körper. Nein, die hatte *er* – der Mann namens *Silverwolf*.

Ich kam noch einmal. Die Beine weit von mir weggestreckt, suchte ich mit den Fingernägeln vergeblich Halt in der hölzernen Arbeitsplatte der Anrichte und im Muskel seines Unterarms. Den Mund hatte ich weit aufgerissen und schrie: »Jaaaaa!«

Mir schwanden die Sinne.

Er blieb noch einen Moment mit seinem harten Schwanz in mir, um mich das heiße Pochen seines und meines Fleisches genießen zu lassen. Dann trat er zurück, packte mich und drehte mich herum, sodass ich jetzt mit den Brüsten auf der Anrichte lag und ihm meinen Arsch entgegenstreckte.

Durch den Schleier über meinen Augen hindurch sah ich aus dem Fenster nach draußen. Es war ein wundervoller Ausblick. Sanft geschwungene Hügel erstreckten sich nach Norden hin, wo sie von einem Waldstück begrenzt zu sein schienen. Links davon ging gerade rotleuchtend die Sonne unter.

Sein Schwanz drückte sich in meinen Arsch.

Süßer Schmerz!

Ich schrie zitternd auf.

Er hatte meine Hüfte gepackt und meine Schulter, rammte sich kraftvoll und tief in mich hinein. Ich war völlig unvorbereitet und trocken. Meine Schenkel presste er mit seinem Gewicht fest gegen die Anrichte.

Feste Stöße ... drängende Stöße ... schlängelnde Stöße ... hungrige Stöße. Er packte mein Haar, zog mir den Kopf nach hinten. Mein Mund stand weit offen, meine Wangen glühten ... ich konnte mich selbst in der Fensterscheibe sehen ... und ihn, wie er hinter mir stand und in mich hineinfickte. Mein Gesicht war lustverzerrt, meine Augen strahlten eine animalische Geilheit aus, die mir selbst unheimlich war.

Ich schloss sie.

Seine andere Hand verließ meine Hüfte, griff um mich herum nach meiner Brust und zerrte an ihr.

»Ja!«, schrie ich wieder, ich konnte und wollte nicht anders.

Fick diesen wunderschönen harten Schwanz in meinen Arsch

hinein!, flehte ich stumm. *Tiefer!!!*

»Jaaa!«, brüllte da auch er auf.

»Jaaa!« Seine Hände packten zu wie Stahlklammern. Er presste sein Becken hart gegen mich und seinen Schwanz ganz tief in mich hinein ... und ich fühlte, wie er in mich spritzte ...

... und wie ich selbst, wie von einer gewaltigen Woge gepackt und fortgerissen, noch einmal heftig und lange anhaltend, unter seinem Gewicht atemlos zusammenbrach und vor Glück aufschluchzte und kam ...

Etwas später lag er in der dickschaumigen Badewanne. Überall brannten Kerzen, die den Raum und uns in weiches Licht tauchten. Ich saß nackt auf dem Rand und wusch ihm mit einem Schwamm zärtlich das Gesicht, die Glatze, seine breite Brust und den Bauch. Sein Blick ruhte klar und gelassen auf mir, seine Hand spielte mit dem weichen Nippel meiner jetzt völlig entspannten Brust. Die vom Dampf erfüllte Luft schmeckte nach Pfeffergras, Limone und Sandelholz.

»Lies ihn mir vor!«, sagte er leise und deutete auf den Brief, den er mit nach oben genommen hatte und der jetzt neben einem Stapel weicher, weißer Frotteetücher auf dem marmornen Waschtisch neben dem Becken lag.

Ich schüttelte den Kopf, und mein Herz begann schneller zu schlagen.

»Tu es!«, sagte er sanft. Ich atmete tief ein, um mir Mut zu machen. Dann nahm ich den Brief und öffnete ihn.

»Ich kann das nicht!« Mein letzter Versuch.

»Ich will es!« Sein letztes Wort.

Ich las.

»Lieber *Silverwolf*!« Ich stockte.

»Hab keine Angst«, sagte er zärtlich und streichelte meine Wange. Oh Gott! Wenn dieser Mann meine Wange berührte, war das besser, als von irgendeinem anderen Mann gefickt zu werden, so viel besser, als von irgendeinem anderen Mann in den Arm genommen zu werden ... so viel erfüllender. Ich schmiegte mein Gesicht in seine warme Handfläche. Mein Herzschlag wurde wieder ruhiger.

»Es tut mir leid«, fuhr ich fort zu lesen, »dass ich in jener Nacht gegangen bin, obwohl Du mich ausdrücklich gebeten hattest, zu bleiben. Der Gedanke, Dich nie wieder sehen, Dich nie wieder spüren zu dürfen, schnürt mir das Herz zu. Du hast mich berührt. Ich vermisse Dich! Deine Amy.«

»Schön, dass du wieder da bist«, war alles, was er dazu sagte. Und zugleich war es alles, was ich hören wollte, was ich sein wollte ... wieder da sein ... bei ihm.

Ich legte den Brief zur Seite und streichelte nun auch sein Gesicht. Wir lächelten. Dann nahm ich wieder den Schwamm zur Hand und wusch ihn.

»Ich will mehr von dir«, sagte ich nach einer Weile, in der wir beide schweigend genossen hatten, wie ich ihm diente.

»Was meinst du?«, fragte er. Aber er fragte nicht so, als ob er nicht verstanden hatte. Vielmehr fragte er, als wollte er, dass ich mir selbst sicher war, wovon ich sprach.

»Ich will dir nah sein dürfen«, versuchte ich undeutlich zu erklären, was ich so deutlich fühlte. »Dich verwöhnen, an deinem Leben teilhaben. Dir Muse sein ... und Hure.«

»Das klingt gut«, sagte er lächelnd.

»Ich will dir und deinem Hunger zur Verfügung stehen«, fuhr ich fort. »Ich will einfach nur hier sein, dir deinen Kaffee kochen, wenn du schreibst, deinen Schwanz blasen, wenn du eine Pause machen willst. Ich warte in deinem Bett darauf, dass du mich fickst.«

»Hmm!« Er grinste angetan.

»Ich schlüpfe für dich in jede Rolle: Schulmädchen, Krankenschwester, Straßennutte.«

»Unsinnige Spielchen!«, tat er lachend ab. »Steh ich nicht drauf. Sei doch einfach du selbst.«

Doch ich hatte mich schon in erregte Rage geredet und plapperte weiter von den Bildern drauflos, die mir seine bloße Gegenwart in den Sinn schießen ließen.

»Du kannst mich ans Bett fesseln ...«

»Wer braucht Fesseln, wenn er solche Hände hat?« Er lachte und zeigte mir seine großen starken Pranken. »Nein, im Ernst«, sagte er und legte mir einen Finger auf den Mund, dass ich schwieg. »Ich bin keiner von diesen Fetischkaspern. Ich brauch das alles nicht. Diese Rollenspiele, diese Hilfsmittel, diese Experimente.«

»Aber ...!«

»Kein aber!«, sagte er entschlossen aber mild. »Ich bin keiner von diesen Möchtegern-Doms, die die devoten Phantasien ihrer Sklavinnen dazu nutzen, in Wahrheit ihnen dienen zu dürfen, indem sie diese Phantasien befriedigen ... also eigentlich Sklaven ihrer Sklavinnen sind. Das ist mir einfach zu schräg im Hirn. Ich bin ich, und tue, wonach mir ist. Ich nehme dich, wann immer es mir gefällt, weil du mir gefällst.«

»Heißt das ja?«, fragte ich hoffnungsfroh.

Er lachte auf. »Das heißt, dass ich darüber nachdenken werde, kleine Prinzessin!«

»Dabei kann ich dir helfen«, lachte ich zurück und griff unter das Wasser nach seinem Schwanz.

Mit wenigen Griffen hatte ich ihn hartmassiert und kletterte dann in die Wanne, um mich auf ihn zu spießen. *Silverwolf* griff mit beiden Händen nach meinen schwebenden Brüsten, deren Spitzen gerade aufhörten, entspannt weich zu sein.

Und dann fickte ich ihn.

Zweimal kam ich, oben auf ihm sitzend, ehe es ihm kam. Und als ich merkte, wie sein Schwanz in mir zu zucken begann, sprang ich ab, kniete mich zwischen seine Beine und trank ihn bis zum letzten Tropfen leer.

***

Später machte ich uns etwas zu essen: einfache Tortellini mit Sahnesauce. Anschließend gingen wir ins Bett, wo er mich noch zweimal fickte. Einmal hart und gierig, einmal zärtlich und lange. Dann schlief ich, völlig erschöpft und glücklicher als ich es jemals zuvor in meinem Leben gewesen war, ein.

***

Etwas weckte mich.

Es war *Silverwolf*, der über mich gebeugt war und mein Gesicht streichelte. Unwillkürlich lächelte ich im Halbschlaf und legte meine Arme um ihn.

»Möchtest du wirklich an meinem Leben teilhaben?«, fragte er leise. »Mir gehören? Mich verwöhnen und dich von mir verwöhnen lassen?«

Ich nickte mit strahlenden Augen.

»Möchtest du wirklich mein sein, Kleines?«

»Ja!«, sagte ich und küsste ihn. Doch er ließ nicht zu, dass der Kuss inniger wurde, schaute mich ernst an, aber zugleich auch zärtlich.

»Ich stelle nur eine einzige Bedingung«, sagte er.

»Nenn sie mir«, bat ich ihn.

»Ich will dein einziger Mann sein, Prinzessin!«

Damit hatte ich nicht gerechnet.

Ich sollte für *Silverwolf* Flo aufgeben und meine Abenteuer?

Er sah, dass ich grübelte.

»Du musst verstehen, Kleines«, begann er, »dass ich nur eine

Frau lieben, mich ihr anvertrauen und ihr Einblick in mein Leben gewähren, überhaupt mein Leben an ihr und unseren gemeinsamen Zielen orientieren werde, wenn sie ausschließlich mir gehört.«

Wow!

Jetzt war ich platt. Als ich ihn vorhin gebeten hatte, mehr sein zu dürfen für ihn, hatte ich gemeint, dass ich mehr sein wollte für ihn als eine reine Fickgeschichte. Ich wollte seine Gespielin sein, seine Geliebte.

Und er bot mir gleich sein ganzes Leben an!

Ich fühlte mich geschmeichelt und in die Ecke gedrängt zugleich.

Und ich ahnte: Wenn ich ihn jetzt, da ich ihn selbst eingeladen hatte, jetzt, da er ganz offensichtlich eingehend darüber nachgedacht hatte, zurückweisen, sein Angebot eingrenzen oder beschränken würde, würde ich ihn niemals wiedersehen, diesen wundervollen Mann.

Der Gedanke war unerträglich.

Also nickte ich.

»Keine anderen Männer?«, fragte er.

»Keine anderen Männer!«, bestätigte ich.

Er nahm mich in seinen starken Arm und küsste mich.

4. Flo

»Keine anderen Männer!«, hatte *Silverwolf* als Preis dafür verlangt, seine Geliebte sein zu dürfen.

Also fuhr ich am nächsten Tag zu Flo, riss ihm die Kleider vom Leib und ...

... fickte seinen dicken Schwanz mit meiner Hand ...

... fickte ihn mit meinem Mund ...

... fickte ihn mit meinen Titten ...

... fickte ihn mit meiner Muschi ...

... fickte ihn mit meinem Arsch ...

... und er fickte, so überrascht er auch war, von dem was ich alles tat und mit ihm anstellte, zum aller ersten Mal in unserer nun fast fünfjährigen Beziehung richtig mit! Gierig, wild, frei ...

Als er zum dritten Mal abgespritzt hatte und endlich erkannte, was er an mir von Anfang an und als Einziger hätte haben können, da machte ich Schluss mit ihm, drehte mich herum ...

... und ging für immer von ihm fort.

Ich habe ihn seit damals nie wieder gesehen.

5. SilverWolf

Internet-Message von *Silverwolf*:

... du hast meinen hunger geweckt und meine gier, süße prinzessin ... du sprichst mich an und inspirierst mich, beflügelst meine arbeit … und dafür werde ich dich belohnen ... ich spüre deine sinnlichkeit und deinen hunger nach dem leben ... stille ihn hier bei mir ... mit mir ... und du, du ahnst meine kraft … und ich werde sie dir schenken ... mein instinkt wittert die animalische süße deiner seele … ich will von ihr kosten, sie trinken und dich dabei berauschen ... dein instinkt wittert das tier in mir ... und weiß, dass es nicht tief vergraben ist, sondern allzeit zum ausbruch bereit und unersättlich ... dennoch ahnen wir beide auf der anderen seite ein herz … kein seelenloses monster ... ein herz mit kraft und mut, der fähigkeit zu lächeln ... du fühlst meine wildheit, die keine dumme brutalität ist ... eine wildheit und eine entschlossenheit, hinter der sich kein arg verbirgt ... der du vertrauen kannst, weil sie darauf gerichtet ist, dir freude zu schenken ... freude, an der ich mich berauschen werde ... vielleicht weil du spürst, dass ich nicht nur das eine bin oder das andere … dass ich alles bin ... so wie ich fühle, dass auch du nicht nur das eine bist oder das andere … sondern süßes weib, zauberhaftes mädchen, geile hure, stolzer mensch, schwache frau, sehnsuchtsvolle geliebte ... es ist einfach, dich zu begehren, süße prinzessin ... und es ist noch einfacher, deine gier zu erkennen, sie zu schüren und zu stillen ... nur um sie dann neu zu entflammen … mir zum gefallen … meiner lust dienend … mich berauschend ... es ist einfach ... :-)

6. SoulEater

Trotz meiner Vereinbarung mit *Silverwolf* traf ich mich wieder mit *Souleater.* Unser nächstes Date sollte nachts in einem Fitnessstudio stattfinden. Er hatte mich beauftragt, in Lack und Leder zu erscheinen, und ich hatte mein Konto plündern müssen, um diesem Wunsch gehorsam Folge zu leisten. Jetzt trug ich also fast hüfthohe schwarze Lederstiefel und eine hautenge BH-Slip-Kombination aus glänzendem knallroten Lack. Der BH war besonders eng und drückte meine Titten zu gut zwei Dritteln nach oben raus, sodass man fast die Nippel am Rand des Lacksaums sehen konnte. Ich kam mir faszinierend luder-, ja sogar schlampenhaft vor in diesem Outfit. Die schon den ganzen Tag und den Abend anhaltende Spannung darauf, was *Souleater* wohl heute mit mir spielen würde, machte mich furchtbar scharf.

Wie erwartet war das Fitnessstudio um diese Uhrzeit geschlossen. Weiß der Teufel, wie *Souleater* an die Schlüssel herangekommen war. Mir fiel auf, dass ich überhaupt wenig, bis gar nichts von *Souleater* wusste – weder was er privat so machte noch womit er sein Geld verdiente. Aber genau das erhöhte den Reiz. Ich war sein SexToy, sein Lustspielzeug, und er, er spielte seine Spiele mit mir. Und genau so wollte ich es bei ihm haben. Je unpersönlicher es blieb, umso mehr ging es einfach nur ums Ficken. Unkompliziert, direkt, unverfälscht.

Ficken!

Frei von Gefühlen jenseits der Lust. Gefickt werden. Nicht denken müssen. Benutzt werden.

Deswegen traf ich mich wieder mit *Souleater*, obwohl ich *Silverwolf* hatte. Beide benutzten sie mich, machten mich ihrer Lust Untertanin, aber *Souleater* spielte sündige, verdorbene Rollenspiele mit mir, zelebrierte fetischistische Rituale, was *Silverwolf* ganz klar als kindisch abgetan hatte und schräg. *Souleater* dagegen behandelte mich gefühllos wie ein Fickstück.

Es war für mich schwer zu erklären: Zu *Silverwolf* fühlte ich mich hingezogen und sehnte mich nach ihm, weil er außer meinem Körper und meiner Lust meine Seele berührte, und auf *Souleater* war ich geil und heiß, gerade weil er meine Seele nicht berührte, weil ihm meine Seele scheißegal war.

Silverwolf hatte zur Bedingung gemacht, dass es neben ihm keine anderen Männer geben dürfte. Ich machte mir vor, er meinte damit nur Männer, die mein Herz berührten. Natürlich wusste ich, dass er Männer überhaupt meinte, auch solche, mit denen ich nur fickte.

Ich hatte Flo für ihn aufgegeben, aber meine Lust an Experimenten konnte ich nicht aufgeben. Wenn er sie mir nicht geben wollte, die Spiele und das Ritual, musste ich sie mir woanders holen. Und wenn ich mich nicht ganz besonders dämlich anstellen würde, würde *Silverwolf* niemals von *Souleater* erfahren.

***

Ich hatte einen Mantel übergeworfen, stand vor dem Fitnessstudio und klingelte. Der Türöffner summte, und ich trat auf meinen hochhackigen Stiefeln ein. Über eine Treppe erreichte ich den ersten Stock, in dem sich das Studio befand. Dort wartete *Souleater* bereits auf mich.

Er trug eine schwarze Lederjeans, schwere Boots und ein weißes Muscle-Shirt, das seine breiten Schultern und die muskulösen Oberarme betonte. Die Glatze war perfekt rasiert, aber um den dunklen Kinnbart herum hatte er sich einen Dreitagebartschatten stehen lassen, der seiner ohnehin schon düsteren Erscheinung zusätzlich etwas Diabolisches verlieh.

Meine Muschi zuckte.

Ich wollte zu ihm gehen und ihn mit einem Kuss begrüßen, doch er hob die Hand und deutete mir, stehenzubleiben wo ich war und zu schweigen.

Ich gehorchte.

Er trat zu mir hin und half mir schweigend aus dem Mantel. Mein Lack- und Leder-Outfit fand sein Wohlgefallen. Er nickte anerkennend. Ich konnte undeutlich seinen frischen Schweiß riechen. *Souleater* war ein reinlicher Mensch, benutzte aber weder Deo noch After-Shave. Sein Duft war pur und unverfälscht. Er roch absolut nach Mann.

Der Geruch machte mich scharf.

Ganz natürliche Pheromone, nahm ich an.

Er deutete mit einer Hand zu einer jener Foltermaschinen hinüber, auf denen man liegend, sitzend und stehend Gewichte heben, reißen, stemmen und ziehen konnte. Die Gewichtsplatten waren zwischen zwei in die Höhe ragenden, etwa anderthalb Meter auseinander stehenden Säulen gelagert. Zu diesen Säulen führte er mich.

Ich sah sofort, dass er oben und unten an den Säulen Handschellen angebracht hatte, und wieder zuckte meine Muschi auf vor Geilheit.

Ohne ein Wort zu sagen, fesselte er mich mit Hand- und Fußgelenken an die Säulen, sodass ich nun dastand wie ein übergroßes X. Es waren Metallhandschellen – nicht dieses

Kuschel-Spielzeug aus Plüsch –, und der Stahl tat mir weh an der Haut.

Aber es war ein willkommener Schmerz.

Ich schaute direkt in den großen Wandspiegel, der die gesamte Seite des Studios bedeckte und genoss meinen eigenen Anblick. Offenes Haar, gebräunte Haut. Lack und Leder.

Souleater trat zu mir hin und holte mit zwei schnellen, sicheren Griffen meine Titten aus dem BH, ohne ihn aufzumachen. Das weichfeste Fleisch quoll aus dem engen Lack. Die Nippel waren schon so hart wie sie nur werden konnten. Er kniff sie mit den Fingern und grinste mich mit seinem Raubtierlächeln an, ehe er zur Seite ging und eine Sporttasche holte, die bis jetzt ein wenig abseits gestanden hatte.

Mir war mulmig zumute. Aber es war ein prickelndes Mulmigsein. Ich war zwar beruhigt durch die Sicherheitsvorkehrung mit dem Umschlag an meine Schwester, den ich *Souleater* gegenüber auch diesmal klar und deutlich erwähnt hatte, aber ich hatte auch eingewilligt, sein SexToy zu sein und mich ihm auszuliefern.

Ich war gespannt, was geschehen würde. Gespannt und unheimlich scharf!

Zuerst holte er aus der Sporttasche eine lange Pfauenfeder hervor, und ich gebe zu, ich war etwas enttäuscht. Eine weiche Feder wollte in meinen Phantasien so gar nicht recht zu Lack, Leder und Handschellen passen.

Doch ich täuschte mich.

Mit einer Ruhe und Gelassenheit, wie ich sie bei *LonelyHeart* und *Trixster* ansatzweise und nur bei *Silverwolf* absolut kennengelernt hatte, stellt er sich neben mich und begann mich mit der Feder zu streicheln. Ich wollte ihn anschauen. Doch er drehte meinen Kopf in Richtung Spiegel. So konnte ich ihn und mich betrachten, während er mit mir spielte.

Zuerst streichelte er mir mit der Feder Gesicht und Hals. Es fühlte sich eher ernüchternd kitzelnd an. Aber da ich wusste, dass Protestieren keinen Sinn machen würde, entschloss ich mich dazu, das Spiel anzunehmen und mich in es hineingleiten zu lassen.

Es funktionierte.

Als die Feder meine Brüste erreichte und *Souleater* begonnen hatte, mit ihr meine Nippel zu bestreichen, seufzte ich bereits. Die feinen Härchen der Feder streiften zart und weich über meine empfindliche Haut, und nun war es ganz besonders der Gegensatz zwischen den Schmerzen an den Hand- und Fußgelenken und der weichen Feder, der mich anmachte. Der Gegensatz zwischen dem harten Mann neben mir und dem sanften Spiel.

Mein Körper begann leise zu zittern.

Es war ein unkontrollierbares Zittern, das mal stärker war und mal schwächer, ganz so, wie wenn man fror. Aber anders als frieren, war es ein gutes Gefühl.

Er streichelte mit der Feder meinen nackten Bauch, meinen fast nackten Arsch und meine Schenkel zwischen Stiefelrand und Lackslip.

Mit dem Kribbeln kam noch mehr Lust, noch größere Geilheit. Das ihm Ausgeliefertsein und keine Kontrollehaben, strömte wie purer Alkohol in mein Hirn und benebelte mehr und mehr meinen Verstand. Es war genau das, was guten Sex ausmacht: sich fallen zu lassen.

Ohne mit der Feder aufzuhören, holte *Souleater* nun eine langstielige schwarze Baccara-Rose aus der Tasche und führte sie ebenfalls an meine Haut heran, nachdem er sie vorher vor meine Augen gehalten hatte, damit ich sehen konnte, dass sie kleine scharfe Stacheln hatte.

In der Rechten die Feder, in der Linken die Rose, stand er mit breiten Beinen neben mir und streifte mich mit Feder und Rose.

Hals ... Schultern ... Arme ... Rücken ... Titten ... Arsch ... Schenkel ... nur meine Muschi ließ er zunächst unberührt, und gerade dadurch machte er sie und mich erst recht bereit zu allem.

Ich stöhnte, biss behutsam in den Rosenstängel, als er ihn an meinem Mund entlangführte. Die Stacheln bohrten sich leicht in meine Lippen, und ich konnte Tropfen meines eigenen Blutes schmecken. Er streichelte sie mir mit der Blüte von den Lippen.

Mein Herz raste, mein Atem ging keuchend. Im Spiegel konnte ich sehen, wie sich meine Brust hob und senkte. Auch die kleinen Kratzer konnte ich sehen, die er mir mit der Rose auf den ganzen Körper gemalt hatte. Einige davon bluteten ganz leicht.

Nach einer Weile, in der alles in mir nach mehr zu schreien begonnen hatte, legte er die sanfte Feder zur Seite und holte eine kleine, feingliedrige Kette aus der Tasche hervor. Sie war etwa vierzig Zentimeter lang und hatte an beiden Enden winzige Klammern aus Metall.

Ein Schauer durchlief mich, als ich zu ahnen begann, wofür diese Kette da war.

Er trat vor mich, wieder mit diesem selbstbewusst triumphierenden Grinsen im düsteren Gesicht, und heftete mir die beiden Klammern behutsam an die Nippel. Aber so behutsam das eigentliche Anheften auch gewesen sein mochte, die Klammern waren stark und taten höllisch weh. Ich schrie auf! Aber nicht vor Schmerz, sondern vor Geilheit!

Es war ein Gefühl als würden meine Nippel platzen. Ich spürte, wie das Blut in meine Titten schoss und sie noch praller, noch fester werden ließ. Das feste Pochen des Pulses in den geklammerten Nippeln war wie ein ganz eigener, vom übrigen Geschehen losgelöster Fick!

POCH! POCH! POCH!

Ich stöhnte im Takt dieses fickenden Pochens, nahm kaum noch wahr, dass *Souleater* jetzt eine lange weiche Lederpeitsche aus der Tasche genommen hatte. Aber als er mit ihr gemeinsam mit der Rose streichelnd über meine Haut glitt, fühlte ich sie, und es verlangte mich danach, sie in der Art zu spüren, für die sie angefertigt war.

Er ließ mich auch nicht lange warten.

Er warf die Rose beiseite und stellte sich schräg hinter mich. Im Spiegel konnte ich sehen, wie er mit der Peitsche ausholte ...

... und zuschlug.

Ich schrie auf!

Es war kein wirklich hart ausgeführter Schlag, denn ein solcher hätte zweifellos meine Haut aufplatzen lassen und eine schreckliche Wunde gerissen. Zehn bis zwanzig richtig ausgeführte Schläge einer Peitsche können einen Menschen töten.

Aber so leicht der Schlag auch ausgeführt war, ich konnte ihn deutlich schmerzhaft spüren.

»Ja!«, schrie ich nach dem zweiten Schlag trotz des Gebotes. Doch ich wollte ihn damit auffordern weiterzumachen. Er zog warnend eine Augenbraue nach oben, ging zur Sporttasche und holte ein Tuch hervor, mit dem er mich kurzerhand mit schnellen Bewegungen und ziemlich unzart knebelte. Er zog es mir zwischen die Zähne und zurrte es hinter meinem Kopf fest.

»Wenn ich dir befehle zu schweigen, schweigst du!«, fuhr er mich an.

Ich nickte gehorsam.

Er zog sich aus. Ich genoss den Anblick seines muskulösen Körpers. Am meisten aber machte mich sein riesiger Schwanz mit der dicken Eichel an, der hart von ihm kerzengerade nach oben stand. Er trat zu mir und rieb ihn mir gegen den Schenkel.

Dann stellte er sich wieder hinter mich ... und schlug zu.

Die Schläge trieben mir das Wasser nicht nur in die Muschi, sondern auch in die Augen, und ich konnte im Spiegel sehen, wie mir die Schminke wie schwarze Tränen über die Wangen herablief. Mein Mund stand offen durch den Knebel und ich stöhnte und schrie selbstvergessen in den Stoff hinein. Ich schwitzte vor Geilheit, und meine Haut schimmerte feucht im Strahl der Studiolampen.

Die Peitsche traf meinen Rücken ... meine Schenkel ... meinen Arsch.

Dann stellte er sich neben mich und ließ sie auch auf meinen Bauch und meine Titten klatschen ...

... und endlich auch auf meine Muschi.

Ganz gezielt sogar. Zweimal, dreimal, viermal! Wenn er so weitermachte, würde ich gleich kommen.

Doch er machte nicht so weiter.

Er warf nun auch die Peitsche beiseite und trat an mich heran. Mit zwei festen Griffen zerriss er die Nähte meines Slips, und er fiel zu Boden. Dann stellte er sich hinter mich, packte mit der einen Hand zwischen meine Schenkel, drückte zwei Finger ansatzlos tief in mich hinein, sodass ich wieder laut aufschrie vor Geilheit, und rieb mit der anderen Hand seinen Schwanz noch härter als er schon war.

Dann fickte er mich im Stehen von hinten!

Und ich beobachtete uns, soweit es der immer dunkler werdende rote Schleier vor meinen Augen zuließ, dabei im Spiegel.

Mit einer Hand quetschte er meine beklammerten Titten, mit der anderen Hand hatte er meine Muschi gepackt, drückte mein Becken nach hinten und befingerte gleichzeitig meine Klit, während er seinen Schwanz in festen Stößen in mich trieb.

Er fickte tief.

Er fickte fest.

Er fickte hart.

Dabei sah er mich über meine Schulter hinweg mit ernstem Gesicht an, und ich konnte erkennen, dass nun auch ihm der Schweiß lief.

Ich biss mich auf dem Stoffknebel fest. Jeder seiner von unten nach oben geführten Stöße ließ meine Fußgelenke an den Stahlfesseln zerren. Meine Titten wippten auf und ab, die kleine Kette klirrte. *Souleater* grunzte wild, stand mit festen breiten Beinen hinter mir und nahm mich.

Nahm mich ...

... bis ich nicht mehr anders konnte, als zu kommen.

Als es passierte, packte er mich mit beiden Händen an den Schultern und drückte mich noch tiefer auf seinen in mir steckenden Schwanz. Ich zappelte wie ein im Spinnennetz gefangener Käfer, strampelte – soweit es meine Fesseln zuließen – mit Armen und Beinen, zuckte ihm unkontrollierbar meinen Arsch entgegen und meine Muschi. Ich kam – kam – kaaaam!

Aber *Souleater* war noch nicht fertig mit mir. Er löste die Handschellen von den Säulen und trug mich hinüber zu einer lederbezogenen Bank. Dort legte er mich mit dem Rücken darauf und fesselte mir wieder Hände und Füße. Mein Kopf hing über den Rand der Bank hinweg nach unten. Er öffnete den Knebel. Dann stellte er sich breitbeinig über mein Gesicht ...

... und fing an, mich hart und tief in den Mund zu ficken.

Er hatte meinen Hals gepackt und rammte mir seinen harten

Schwanz in die Kehle. Es fühlte sich an, als würde ich ersticken, und zugleich machte es mich unheimlich scharf. Seine Eier drückten mir auf die Nase, sodass ich auch hier keine Luft bekam, und ich musste würgen. Dann erst ließ er von mir ab. Aber gerade nur so lange, wie ich brauchte, um nach Luft zu schnappen, dann hatte ich ihn wieder tief in mir, seinen Schwanz, dieses pochende, pulsende Monster aus hartem Fleisch und heißem Blut.

Spucke lief mir aus den Mundwinkeln, floss über seine Eier und meine Wangen ... bis hoch in meine Augen, blendete mich noch mehr, als der gerade wiederkehrende rote Rausch. Ich fühlte etwas zwischen meinen Schenkeln, hart und doch weich. Ich konnte nur ahnen, was es war ... der Griff der Peitsche.

Rau und trocken drang er in meine Muschi, während *Souleater* mich in die Kehle fickte.

Abwechselnder Takt.

Es war wie von zwei Männern gleichzeitig gefickt zu werden.

Geil!

Ich schnaufte ... leckte ... lutschte ... saugte ...

Mein Becken kreiste auf dem dicken Peitschenknauf. *Souleaters* freie Hand zerrte an der Kette zwischen meinen Nippeln. Immer wieder stieß er seinen Schwanz tief in mich hinein ...

... bis ich zum zweiten Mal kam ...

... und er spritzte ...

Sein dickflüssiges Sperma schoss in meinen Mund hinein, tief in meinen Rachen hinunter. Salzig schmeckte er und bitter, aber ich schluckte wie eine in der Wüste Verdurstende ...

...schluckte …

... und schluckte.

***

Souleater nahm mich in dieser Nacht noch zwei Mal. Als die Sonne aufging, war ich wund zwischen den Beinen, und selbst wenn ich es gedurft hätte, hätte ich nicht mehr sprechen können, so heiser war ich von meinen eigenen Schreien.

***

»Für unser nächstes Treffen organisierst du uns eine zweite Frau«, sagte er. »Bi!«

»Wie soll ich ...?«, krächzte ich.

»Deine Sache«, unterbrach er mich. »Sorg dafür, dass sie gut aussieht und locker drauf ist. Und jetzt geh!«

Ich nickte gehorsam und ging auf wackeligen Beinen hinaus in den Morgen.

7. SilverWolf

INTERNET-MESSAGE VON *SILVERWOLF*:

... ich wünsch mir jetzt – da die sonne so schmeichelnd hier hereinstrahlt – mit dir in einem lindenwald zu stehen, millionen kleiner grüner blätter lichtgetränkt ... deine nackten füße im leuchtenden waldgras, dein haar wie tausend diamanten strahlend ... dein lächeln und das glückliche glänzen deiner wunderschönen augen noch heller, als die sonne mich blendend ... der leichte stoff deines kleides klar und verlockend die vollen rundungen deiner herrlichen, so saftigen und duftenden brüste abzeichnend ... dein duft in meiner nase ... mich berauschend ... dich packend ... finger in deinem nacken ... hungriger mund auf deinen offenen lippen ... heißer atem in deiner kehle ... glühende wangen ... rausch, der dir durch den leib den rücken entlang in den schoß fährt und deine knie leise zittern lässt ... starke arme, in die du sinkst ... gierige küsse und süße ... dreiste, geile finger, die fassen, wonach es ihnen gelüstet ... deine haltung ein einziges Ja – eine einladung, dich zu nehmen ... eine einladung, die mich lächeln macht, obwohl ich sie nicht brauche ... lüstern kurz aufflackernde augenlider ... zittern nun auch in deinen händen, als dein kleid schon lange nicht mehr meinen packenden griffen, meinen tastenden, reibenden fummelnden fingern im weg ist ... glut unter deiner haut ... prickeln überall ... meine nackte brust an der deinen reibend, als ich vor dir auf die knie sinke, deine schenkel fest gepackt und sie sich mir teilen ... deine hände auf meine breiten schultern gestützt, den kopf weit weit nach hinten legend mit vor lust halb offen stehendem mund, während der meine sich nähert, um endlich küssend dich zwischen deinen schenkeln zu berühren ... dein zartes, warmes kribbelndes fleisch mit kleinen bissen liebkosend ... sommerstürme in deine bebenden flanken sendend ... zarte schmetterlingsküsse ins zentrum deiner lust ... dein becken sich wie von selbst nach vorn drückend – gegen mein gesicht, dessen hitze dir in die haut fährt ... haut die sich teilt – nur um noch weiter geteilt zu werden von meiner zunge, die sich ihren weg bahnt ... den weg der ekstase, die mehr und mehr besitz von dir ergreift, als meine zunge so zärtlich tanzt wie meine hände gierig fordernd auf deinen vollen brüsten – wachsend, spannend, hungernd ... deine hände halten sich an meinem nacken ... flehen, niemals zu enden das köstliche spiel, das deine lenden zärtlich peitscht ... waldgöttin mit weit gespreitzten beinen … der wolf gierig schleckend zwischen ihren schenkeln kniend ... süße leise schreie in der luft, die vögel schreckend ... stoßendes becken … schlängelnde zunge, gierig packende hände, krallen in deinem fleisch ...

8. Aphrodite

Souleaters Befehl, zu unserem nächsten Treffen eine zweite Frau zu organisieren, beschäftigte mich mehr, als ich anfänglich zuzugeben bereit war. Welche Frau hat noch nicht davon geträumt, es mit einer anderen zu tun? Wenn ich mich selbst streichle, ist in meinen Gedanken und Phantasien, die ich mir dabei mache, bestimmt jedes vierte, wenn nicht sogar jedes dritte Mal eine Frau mit im Spiel. Und einmal habe ich sogar von meiner Schwester geträumt, aber das ist mir heute noch entsetzlich peinlich, und ich würde es am liebsten vergessen. Auch wenn der Traum furchtbar gut und unglaublich nass war.

Die meisten Frauen und Mädchen, die ich kenne, haben es auf die eine oder andere Weise schon mal probiert oder gar richtig durchgezogen. Nur ich habe mich nie getraut. Obwohl sich einmal – ich war damals in der zwölften Klasse – die Gelegenheit dazu geboten hätte; mit Sally King auf der Kursfahrt in London. Wir beide teilten ein Zimmer und waren ziemlich beschwipst aus einem Club nach Hause ins Jugendhotel gekommen. Da kam sie plötzlich zu mir ins Bett gekrochen, um, wie sie sagte, noch ein bisschen vorm Einschlafen zu kuscheln, weil ihr, wenn sie etwas getrunken hatte, immer nach Kuscheln zumute war. Aber ich hatte gekniffen. Vermutlich weil ich Angst davor hatte, sie würde es am nächsten Tag weitererzählen. Noch bevor sie mich küssen oder gar anfassen konnte, war ich aus dem Bett geklettert und in ihres gegangen und hatte ihr gesagt, sie sollte mich in Ruhe lassen. Sie hatte noch was gebrummelt von »spröde Ziege« und war aber dann gleich eingeschlafen.

Und seitdem ist es eben bei dem Traum geblieben. Aber jetzt sollte es Realität werden – zusammen mit *Souleater*.

Je mehr ich darüber nachdachte, umso weniger gefiel mir der Gedanke.

Sicher, ich hatte große Lust darauf. Die Vorstellung von ihm und einer anderen Frau gefickt, verwöhnt und benutzt zu werden, machte mich mehr als nur ein bisschen rollig. Aber mein erstes Mal mit einer Frau mit ihm zu teilen oder irgendeinem anderen Mann, das fühlte sich nicht richtig an, war irgendwie dem Ereignis unangemessen. Außerdem machten mich *Souleaters* Nähe und die Treffen mit ihm allein schon nervös genug. Ich wollte mir gar nicht erst vorstellen, wie nervös und aufgeregt ich erst in der Kombination sein würde.

Also beschloss ich, zwar seinen Befehl auszuführen und eine Frau zu organisieren, aber mich vorher zunächst mit ihr allein zu treffen. Zum einen, um das Besondere einer solchen Begegnung erst einmal frei und allein genießen zu können, zum andern, um die beteiligte Frau schon ein bisschen näher kennenzulernen und sie mir vertrauter zu machen, und zum dritten, um mit ihr zu üben, um nachher bei dem Dreier vor *Souleater* nicht dazustehen, wie eine vollkommen blutige Anfängerin.

Ich schaltete den Rechner an, loggte mich in den Chat und machte mich auf die Suche. Ich war, so fühlte es sich in der letzten Zeit manchmal an, inzwischen zu einer fast kaltblütigen Internet-Jägerin geworden, aber die Aussicht darauf, dass die Beute dieses Mal eine Frau sein sollte, machte mich fast so kindlich nervös und freudig erregt, wie damals als ich mich das aller erste Mal im Chat angemeldet hatte.

Als Auswahlkriterien gab ich an, dass ich eine Frau suche, Alter zwischen zwanzig und dreißig Jahren, die ebenfalls eine Frau sucht. Außerdem sollte sie nicht zu weit weg wohnen. Ich schränkte den Postleitzahlbereich ein und klickte an, dass ich nur im Moment eingeloggte Mitglieder mit Bild suchte. Ich hatte keine Lust, lange auf Rückantworten warten zu müssen oder darauf, erst umständlich wegen der Bilder hin und her mailen zu müssen. Ich wollte es einfach und unkompliziert.

Schon lange hatte ich aufgehört, das Chatten selbst als Zeitvertreib zu betrachten. Nein, der einzige Zeitvertreib, der mich wirklich interessierte, waren die realen Begegnungen selbst – das tatsächliche Ausleben der Phantasie ... der Sex.

Chatten war nur Mittel zum Zweck.

Schon nach wenigen Sekundenbruchteilen poppte auf dem Monitor eine kleine Bildergalerie auf:

Schneckenjägerin – ein ziemlich dominant aussehendes Pummelchen aus Manchester mit dicker Hornbrille, zurückgegelten schwarzen Haaren und ganz schmal aufeinander gepressten Lippen über einem Doppel-, beinahe Dreierkinn. Sie war Domina und suchte eine kleine, attraktive Sklavin zum – ich lachte laut, als ich das las – Nacktputzen ihrer Wohnung.

Na, such du mal schön weiter, dachte ich amüsiert und klickte das nächste Profil an.

Triple_Girl – suchte angeblich eine Erfahrung mit einem toleranten Paar. Klang eigentlich nicht schlecht, aber das Foto war eins von Kylie Minogue. Also war sie entweder ein Fake oder einfach hässlich. Abhaken. Weitersuchen!

ZauberFEE – die sich *sinnliche Hände* wünschte und von Küssen und Kuscheln in der Sauna oder in der Badewanne träumte und von Hand-in-Hand-Spaziergängen am Strand bei Sonnenuntergang. Hochgewachsen und dunkelhaarig. Aber definitiv zu romantisch und zu weich für eine Begegnung mit *Souleater*. Schade, hätte mir gefallen.

Aphrodite – eine ziemlich brav aussehende Siebenundzwanzigjährige aus Nottingham, eins vierundsiebzig groß, sechsundfünfzig Kilo. Rotbraunes, mittellanges Haar um ein schön gebräuntes, aber irgendwie schüchtern lächelndes Gesicht herum. Dunkle Augen, Sommersprossen. Trug auf dem Foto, das aussah, als wäre es in einem Fotostudio als Weihnachtsgeschenk für Oma und Opa gemacht, einen gelben Strickpulli mit U-Boot-Ausschnitt. Darunter, soweit man das beurteilen konnte, hübsche runde Brüste, konnte aber auch ein Wonderbra sein. War aber eh nichts für mich, weil sie eine Frau für sich und ihren Mann suchte.

Sweet_Devil – eine echte Lesbe! »Nachrichten von Männern oder Paaren unerwünscht!«, hatte sie ganz fett oben in ihrem Profil stehen. Breitbeinig stand sie in ihrem Foto, die Daumen in die Hosentaschen eingehakt wie ein Junge. Das Gesicht gezwungen düster blickend. Also die nächste, bitte!

KittyCat – angeblich Psychologiestudentin wie ich. Das Foto zeigte sie halbnackt auf ihrem Bett liegend, die eine Hand hinter dem Nacken, die andere in den Slip geschoben. In der rechten unteren Bildecke war ein Logo ziemlich amateurhaft wegretuschiert. Eindeutig von irgendeiner Nackedei-Seite aus dem Internet kopiert. *Sie* suchte keine realen Kontakte, sondern nur anregenden Mail-Kontakt zu anderen Mädels und Bildertausch. Aha, also definitiv ein Fake auf Jagd nach Amateurnacktfotos.

Schon wieder musste ich lachen und fragte mich, wie viele Jungs wohl im Internet behaupten, Mädels zu sein, um Fotos von Mädels zu ergaunern, die in Wirklichkeit auch Jungs sind. Es wäre doch so viel einfacher für sie, wenn sie direkt auf die einschlägigen Webseiten gingen, um sich da die Pics anzuschauen oder herunterzuladen.

Rubensdame – eine Teewurst im schwarzen Spitzendarm. Eine von den vielen »Sich-hinter-Peter-Paul-Rubens-Versteckerinnen«, die hofften, dass man fett noch mollig nennen durfte und die sich und ihre Figur als tageslichttauglich bezeichneten, obwohl sie noch nicht einmal mehr annähernd kerzenlichttauglich waren.

Damit war ich am Ende der Bildergalerie angelangt, ohne fündig geworden zu sein.

PING! – Mein Account signalisierte »Incoming Message« im 1:1-Dialog! Ich wechselte das Fenster.

APHRODITE:	hallo, prinzessin! du warst auf meiner seite … ;-)
sweet_princess:	ja, war ich … *lächel* … aber ich suche kein paar … ich suche eine einzelne frau … für mich! … na ja, und danach für mich und einen lover …
APHRODITE:	… hm … klingt interessant … du bist sexy! *grinz*
sweet_princess:	findest du? … danke schön … *rotwerd* …

Ich war tatsächlich ein wenig rot geworden. Und schlagartig nervös. Ich klickte noch einmal auf ihre Seite, um ihr Bild vor mir zu haben, während ich mit ihr chattete. Attraktives Gesicht, schüchternes Lächeln über einem gelben, gut gefüllten Pulli. Mir fiel auf, dass ich in diesem Moment ein kleines bisschen dachte wie ein Mann: prüfend, abschätzend, wertend … wie beim Einkaufen von einem Steak.

Dieses brave Gesicht. Ich konnte mir gar nicht so recht vorstellen, dass dieser Typ Frau sich mit ihrem Mann zusammen auf Dreier einließ. Sie sah so tugendhaft, irgendwie unverdorben aus. Vielleicht auch ein Fake?

sweet_princess: bist du ein fake?

APHRODITE: nein, warum fragst du?

sweet_princess: ... schwer zu sagen ... du machst nicht den eindruck, als ob ... hm ... wie soll ich's sagen?

APHRODITE: ich seh so brav aus, denkst du, oder?

sweet_princess: woher weißt du?

APHRODITE: das denken die meisten *amüsiertzwinker* ... trotzdem interesse?

sweet_princess: *lach* ... wenn, dann eher deshalb, als trotzdem ... ;-) ... aber wie gesagt ... ich suche kein paar.

APHRODITE: wie wär's dann mit mir allein?

sweet_princess: ... du bist ganz schön direkt ... *geschmeicheltlächel* ... ich mag das. was gefällt dir an mir?

APHRODITE: ist das jetzt »fishing for compliments«?

sweet_princess: nein, unsicherheit ... ist das erste mal

APHRODITE: wirklich? Ganz ehrlich? *wasserimmundundnochwoganzanderszusammenlauf*

sweet_princess: *lach* ... wirklich! ... *ehrenwortgeb*!

APHRODITE: jungfrau sozusagen ....hm ... lecker!

sweet_princess: aber nur, was frauen betrifft ... *prahl*

Sie sollte bloß nicht denken, sie hätte es mit einer Unschuld vom Lande zu tun. Immerhin hatte ich in den vergangenen Monaten einiges erlebt, was viele Frauen in zwanzig Jahren oder mehr nicht erleben. Trotzdem musste ich insgeheim, wenn auch nur mir selbst und nicht ihr gegenüber, zugeben, dass ich mich in diesem Moment ziemlich schüchtern und unsicher fühlte.

APHRODITE: ich wäre die erste?
sweet_princess: *nick*
APHRODITE: es wäre mir eine ehre ... *anzüglichundverlockendgrinz*
sweet_princess: und mir wahrscheinlich ein vergnügen ... ;-)
APHRODITE: dafür werde ich schon sorgen ... ;-)
sweet_princess: klingst ziemlich selbstsicher ... erfahren?
APHRODITE: yep!
sweet_princess: telen?
APHRODITE: telen!

Ich gab ihr meine Nummer, und schon eine Minute später klingelte das Telefon.

»Ja?«, fragte ich in den Hörer hinein und merkte, dass meine Hand ein klein wenig zitterte. Es ärgerte mich, dass ich so nervös war, aber gleichzeitig war es auch ein schönes Gefühl. Hatte so was Teenagerhaftes.

»Ich bin's, *Aphrodite*!« Ihre Stimme war ruhig und klar, ein wenig verlockend samtig – wahrscheinlich Absicht. »Spreche ich mit *sweet_princess*?«

»Tust du!«, antwortete ich. »Schön, dass du so schnell anrufst.«

»Hat was mit Gier zu tun«, gab sie mit einem Lächeln zu, das ich deutlich durch die Leitung hindurch hören konnte.

»Du bist gierig?«, fragte ich amüsiert und geschmeichelt zugleich. »Auf mich?«

»Ich bin immer gierig!« Sie lachte.

Ich hätte es der braven Maus auf dem Foto wirklich nicht zugetraut, aber der leise lüstern zitternden Stimme glaubte ich es sofort. »Im Moment bin ich gierig auf dich!«

»Wie kommt's?«, hakte ich lächelnd nach.

»Schon wieder ›fishing for compliments‹?«

»Immer und überall!«, gurrte ich. »Ich mag deine dunklen Augen und die vielen süßen Sommersprossen.«

»Witzig«, sagte sie. »Die meisten fahren auf meine Titten ab.«

»Ich wollte nicht mit der Tür ins Haus fallen!« Ich fühlte mich ertappt. Aber angenehm ertappt.

»Oh bitte: Fall mit der Tür ins Haus!« Sie lachte. »Ich steh drauf.«

»Auf Entzug?«, hinterfragte ich schmunzelnd.

»Dauergeil«, widersprach sie. »Aber im Moment grad besonders schlimm. Mein Mann ist seit drei Tagen auf Geschäftsreise.«

»Dann hast du ja sturmfreie Bude«, verlockte ich. Ihr lockeres direktes Wesen gefiel mir, gefiel mir sehr. Mein Höschen war schon nass, obwohl noch gar nichts geschehen war.

»Und für dich käme auch ein Treffen mit mir und einem anderen Mann in Frage?« Mein Auftrag war es, eine zweite Frau für ein Date mit *Souleater* zu organisieren. Aber im Moment ging es mir nur um mich, und ich spürte ganz deutlich, dass ich *Aphrodite* wollte. Ich fühlte mich nicht nur angeregt, sondern auch gut aufgehoben bei ihr. Ich würde sie auf jeden Fall treffen, hatte ich schon jetzt entschieden, ob sie nun für den Dreier in Frage kam oder nicht.

»Ich bin für alles offen!«, versprach sie, und ihre Stimme war noch ein bisschen heiserer, als sie das sagte. »Ich will nur vorher wissen, wie er aussieht und wie er so drauf ist. Aber ich schlag vor, das bequatschen wir, nachdem wir beide uns erst mal beschnuppert haben.«

»Beschnuppern klingt gut.« Ich grinste . »Ich mag es wenn's schön duftet. Ich schnupper gern!«

»Ich hoffe, du leckst auch gern.«

Als sie »leckst« sagte, zuckte es in meiner Muschi wie ein kleiner Blitz.

»Keine Ahnung«, gab ich zu. »Aber wenn ich so gut lecke, wie ich angeblich blase, wirst du dich nicht beschweren können.«

»Klingt gut.« Sie griente hörbar. »Wann kannst du hier sein?«

»In Nottingham?«, fragte ich.

»Yep!«

»In ungefähr zwei Stunden«, sagte ich, nachdem ich auf die Uhr geschaut hatte. »Holst du mich vom Bahnhof ab?«

»Gern!«, versprach sie und legte auf.

Ich liebe es, wenn Sachen so glatt und unkompliziert funktionieren!

Ab unter die Dusche, Achseln, Beine und Muschi rasiert ... neue Klinge, zweimal leicht geschnitten – egal! Haare waschen, Conditioner rein. Abtrocknen, eincremen. Ich wollte ganz besonders lecker sein für *Aphrodite*. Deo, Dessous – rote Spitze, kein Push-Up. Meine Nippel waren hart und glühten – ich freute mich. Halterlose Strümpfe, kniehohe Stiefel, schwarzer Minirock, rotes, enganliegendes Samtoberteil. Lidschatten, Eyeliner, Mascara, Finishing ins Haar. Parfum.

Ich fühlte mich heute absolut luderhaft und wollte auch ein bisschen so aussehen. Der Taxifahrer, der schon unten wartete, warf mir einen entsprechenden Blick zu, und seltsamerweise fühlte ich mich eher geschmeichelt als brüskiert.

Alles war so schnell gegangen, dass ich erst, als ich mich im Zug in ein leeres Abteil gesetzt hatte, spürte, wie sehr mein Herz vor Aufregung raste. Ich überlegte kurz, ob ich es mir schnell und heftig selbst machen sollte, um ein bisschen runterzukommen, entschied mich dann aber dagegen, weil ich nichts von der unglaublichen Lust, die ich inzwischen auf *Aphrodite* hatte, verschwenden wollte. Schließlich war es mein erstes Mal mit einer Frau.

Wenn mir jemand vor einem Jahr erzählt hätte, dass ich es nicht nur endlich tun, sondern es auch noch so gierig und entschlossen tun würde, hätte ich ihn für verrückt erklärt. Aber die Erfahrungen der letzten Monate hatten mich reifer gemacht, sicherer.

Der Zufallstreffer mit *Aphrodite* schien ein echter Glücksgriff zu werden. Wir hatten uns von Anfang an fast wortlos verstanden und waren beide nur auf das eine aus.

Herrlich direkt und unkompliziert!

Und wenn wir am Bahnhof feststellen würden, dass wir einander nicht gefielen, konnte ich völlig unproblematisch wieder in den Zug steigen und nach Hause fahren. Aber ich glaubte nicht, dass es dazu kommen würde.

Und es kam auch nicht dazu! *lächel*

Als ich aus dem Zug stieg, wartete *Aphrodite* bereits auf dem Bahnsteig. Sie sah umwerfend aus! Das auf dem Foto so brav gescheitelte Haar trug sie jetzt locker zottelig fingerstyled, und sie war ein bisschen aufwendiger und sündiger geschminkt, als auf dem Bild in ihrem Profil.

Den gelben U-Boot-Pulli hatte sie eingetauscht gegen einen enganliegenden schwarzen Strumpfrolli, und ich konnte auf den ersten Blick sehen, dass die süßen großen runden Brüste, die darunter wie übergroße pralle Birnen schwebten, in keinem BH gefangen waren und nipplig durch die Wolle stachen. Auch sie hatte, als hätten wir einander heimlich verabredet, Minirock, halterlose Strümpfe und enge weiche Stiefel mit hohen Absätzen an.

Sie wirkte bei weitem nicht mehr so brav wie auf ihrem Weihnachtsgeschenkfoto. Sie lächelte gewinnend. Ein Wahnsinnslächeln! Wunderschöner, schon auf den ersten Blick verheißungsvoller Mund, weiche, sanft geschwungene Lippen und perlweiße Zähne. Ohne zu zögern kam sie auf mich zu, legte – wohl, weil ich ihr Lächeln sofort erwiderte – eine Hand an meinen Hals und zog mein Gesicht zu ihrem hin.

Die nächsten Sekundenbruchteile schienen wie in Zeitlupe abzulaufen. Wir kamen uns näher, ihre Augen funkelten, ihre weichen Lippen öffneten sich ganz leicht und kurz, ehe sie sie mir auf den Mund legte. Ihre festen Brüste drückten sich gegen meine, ihr freier Arm umschlang meine Taille, und mein Schoß schmiegte sich wie automatisch gegen einen ihrer Schenkel, während ihrer das Gleiche mit einem meiner Schenkel tat. Ihr süßwilder Duft floss mir berauschend in die Nase, und schon knutschten wir mitten auf dem Bahnsteig wie zwei Lover, die sich Ewigkeiten nicht mehr gesehen hatten.

Sinnliche Frauenlippen tanzten langsam zärtlich, aber doch intensiv drängend über meine, und die Zunge der fremden Vertrauten glitt verspielt, aber lüstern zwischen meine Zähne; so viel schmaler und geschmeidiger als jede Männerzunge, die mich bisher geküsst hatte. Ihre Nase schmiegte sich gegen meine Wange, und sie behielt die großen dunklen Augen auf. Ich tat es ihr nach und tauchte in ihren feurig hungrigen Blick, als sie ihren Schoß noch ein bisschen fester an mein Bein drückte und die Hand, die sie auf meinem Rücken hatte, zu meinem Arsch nach unten rutschte und dort fest, aber zärtlich zupackte. Blut schoss mir in den Unterleib und meine Arme schlangen sich um ihre schmalen Schultern. Ich konnte deutlich fühlen, wie ihre Nippel gegen meine wuchsen.

Ein süßer, wilder Rausch ergriff von mir Besitz, und ich steckte ihr meine Zunge tief in die Kehle. Sie stöhnte lustvoll auf, und für einen Augenblick hatte ich das Gefühl, dass ihre Hand von meinem Arsch fast zwischen meine Schenkel gerutscht wäre.

Im letzten Moment aber schien sie sich daran zu erinnern, wo wir waren, so löste sie sich leicht schwer atmend von mir. Ihre Wangen glühten und auf ihren Augen lag ein verklärter Schleier. Aber ich schätzte, dass ich gerade ganz genauso aussah.

»Latte Macchiato trinken gehen oder gleich ficken?«, fragte sie und biss sich dabei keck verführerisch mit ihren herrlich geraden Zähnen auf die volle Unterlippe.

»Ficken!«, krächzte ich heiser, ohne auch nur einen Moment nachdenken zu müssen. Ich konnte es wirklich nicht mehr abwarten. Meine Nippel brannten, in Nacken und Rücken kribbelte es, und meine Muschi pochte wie ein zweites Herz.

»Dreckstück!«, lachte sie – ebenso heiser – vergnügt auf. »Du gefällst mir!« Die Formulierung hatte *Silverwolf* gebraucht, als er mein Foto gesehen hatte und später, als wir uns das erste Mal begegnet waren. Ich mochte sie.

»Und du mir erst!« Ich legte meinen Arm um ihre schmale Taille, als wir nach draußen gingen. »Sei gut zu mir!«, bat ich, in dem sicheren Gefühl bei ihr gut aufgehoben zu sein. »Ich bin absolut unerfahren.«

»Und soooo schüchtern«, lachte *Aphrodite* schelmisch stichelnd und kniff mir in den Arsch.

Wir stiegen in ihren Mini, und schon nach wenigen Minuten Fahrt, während der ich es in einer seltsamen Mischung aus Vorfreude, Geilheit und nervöser Schüchternheit nicht lassen konnte, mit meinen Fingern an ihrem Nacken und an ihrem Ohr herumzuspielen, erreichten wir ihre Wohnung.

Drinnen war es abgedunkelt. In ein paar hohen Ständern brannten schon schlanke Kerzen. Prosecco stand auf dem Tisch in einem Eiskühler. Aber so weit kamen wir nicht.

Kaum hatte *Aphrodite* die Tür hinter mir ins Schloss gezogen, schlang sie ihre Arme um mich und wir begannen heftig und gierig zu knutschen.

»Zeit zum Kuscheln bleibt später«, hauchte sie mir keuchend ins Ohr, ehe sie schlängelnd die spitze Zunge hineinsteckte, gleichzeitig mit ihren schmalen Fingern nach meiner Brust grabschte und mit ihren Nägeln sofort den Nippel zu fassen bekam.

Ich stöhnte auf und griff ebenfalls gierig zu.

Nie zuvor hatte ich eine andere Frauenbrust als meine eigene berührt. Es war ein atemberaubendes Gefühl. Weiche Festigkeit, Wärme. Es war ähnlich, wie einen Schwanz anzufassen. Nicht bildlich, aber gefühlsmäßig. Meine Finger spürten leise pulsendes, rauschendes Leben ganz dicht unter ihrer feinen zarten Haut.

Ich konnte es nicht abwarten, sie nackt zu fühlen und schob den engen Strumpfpullover nach oben. Meine Hand glitt über *Aphrodites* flachen, gut trainierten Bauch und direkt hoch zu ihren Brüsten, während sie meinen Nippel fest zwischen Daumen und Zeigefinger klemmte und ein wenig drehte. Ich senkte meine Fingernägel in ihr weiches Fleisch, und sie schickte einen kleinen spitzen Lustschrei in meine Kehle hinab, griff mir mit der anderen Hand ungebremst und völlig unzärtlich in den Schritt – direkt unter den Rock.

Meine Beine drohten mir den Dienst zu versagen vor geiler, immer weniger zu zügelnden Erregung. Die Knie zitterten mir. Ohne zu zögern schob sie meinen Slip zur Seite und einen ihrer schlanken Finger ausgestreckt direkt tief in mich hinein.

Wieder stöhnte ich auf und verkrallte mich noch fester in ihrer Brust, lutschte mit meinen Lippen an ihrer warmen Zunge.

Dann zog sie den Finger wieder aus mir heraus, löste unseren Kuss, und hielt ihren Finger von der Seite ausgestreckt wie einen Schwanz zwischen unsere Münder. Ich leckte ihn ab und schmeckte mich. Ich war berauscht von *Aphrodites* Nähe, ihrer Direktheit und ihrer Gier, die so einfach auch von mir Besitz ergriffen hatte. Dann leckte auch sie meinen Finger, und unsere Zungen begannen verspielt um die besten, ganz leicht klebrigen Tröpfchen miteinander zu kämpfen.

Wir knutschen und begrabschten uns um den Verstand und mitten hinein in einen immer roter erscheinenden, maßlos lüsternen Rausch, der unsere Herzen zum Rasen brachte und unser Atmen zum immer schwerer werdenden Keuchen.

Kurz darauf lag ich, nackt bis auf meine Strümpfe und Stiefel, auf dem harten Parkettboden, und sie kniete ebenso nackt auf allen vieren über mir, küsste meinen Mund und knabberte an meinem Hals. Dann packte sie meine Brüste, rieb mit ihren wundervoll festen und schweren Brüsten über meinen Bauch, um sie von da aus zwischen meine Schenkel wandern zu lassen, wo einer ihrer steifen, hellbraunen Nippel über meinen Schoß, bis hin zu meiner hungrig sich öffnenden Muschi streichelte. Ich wurde fast wahnsinnig bei der unsagbar leichten und doch so drängend fordernden Zärtlichkeit dieser Berührung.

Ich griff am ganzen Leib zitternd in ihr langes, seidiges Haar und streichelte ihren Kopf, der ausgiebig meine Brüste und meinen Bauch küsste und immer weiter nach unten glitt.

»Du riechst gut«, krächzte sie erregt und schwer atmend, ehe ihr glühendes Gesicht zwischen meine Schenkel tauchte, und sie ihre scharfen Fingernägel in meine Arschbacken senkte.

Und dann leckte sie mich so gut, wie ich in meinem Leben noch nie geleckt worden war.

Sie war dabei nicht zart, wie der viel gerühmte Schmetterling. Nein, sie war schon so gierig wie ein Mann, aber verspielter. Ihre Zunge glitt zunächst sachte über meinen Venushügel, neckte die nacktrasierte Haut mit kleinen Stupsern, ohne mich dabei mit dem Rest ihres Gesichtes zu berühren. Ich fühlte nur ihre Zungenspitze, die kleine scharfe Blitze unter meine empfindliche Haut schickte.

Wie ein Maler seinen Pinsel zum kunstvollen Strich führen mag, so führte *Aphrodite* ihre Zunge nun ein kleines Stück an einem meiner Schenkel nach unten, kletterte in kleinen Kreisen – so wie feine, verschlungene Blütenranken zeichnend – dessen Innenseite wieder nach oben. Ich spreizte die Beine weit und weiter und hob ihr mein Becken einladend entgegen. Am unteren Ende meiner Schamlippen verharrte sie, fast wie in Anbetung, eine kleine Ewigkeit lang, was meine Vorfreude und meine geile Erregung ins Unermessliche steigerte.

Dann, ich dachte, es sprengt mir den Kopf, so intensiv war die Berührung, leckte sie mit ihrer kleinen Zungenspitze die eine Seite meiner Muschi ganz langsam nach oben, die gesamte Länge meiner Schamlippe entlang. Ich konnte ihren Atem auf meiner Haut spüren. In mir zuckte es, als hätte man einen Schwanz in mich geschoben!

Sie wiederholte das Spiel mit der anderen Schamlippe gleich mehrere Male, immer wieder links, rechts, links, rechts. Es war wie ein gleichmäßiges Streicheln, zuverlässig irgendwie.

Dann entdeckte sie, was sie sich bisher ganz absichtlich aufgespart hatte: meine Klit.

Von unten herauf teilte ihre Zunge meine Schamlippen und legte den kleinen geilen Knopf, ebenfalls von unten leckend, frei, um ihn vorsichtig und erst nach wenigen Momenten drängend zu umkreisen und neckend zu betupfen.

Einem inneren Zwang folgend, um den Genuss noch zu erhöhen, griff ich mit meinen Händen nach unten, um mich für sie zu öffnen, damit sie noch besser dran kam. Mein Becken zitterte leise und begann heftiger zu zucken, als *Aphrodites* Zunge zu schlagen, ja richtiggehend zu peitschen begann.

Auf und Ab.

Auf und Ab.

Auf – Auf – Auf.

Ab – Ab – Ab.

Kreisen.

Drängen – Drücken – Lecken – Schlecken.

Ihre Spucke floss mir in die Muschi, die auch so schon unglaublich nass war.

Ich stemmte die Füße gegen den Boden, grub die Fingernägel in das eigene Fleisch, meine Arschmuskeln zuckten mich ihr entgegen. Ich versuchte, meine Lustschreie zu unterdrücken.

»Lass dich fallen!«, forderte sie mich mit rot glühendem und lustvoll verzerrtem Gesicht auf. »Hier hört dich niemand.«

Dann leckte und peitschte sie mich weiter – und es gab kein Halten mehr.

Ich schrie.

Der Rausch sammelte sich mir in Nacken, Rücken und Schoß. Ihre Zunge fickte mich wie ein kleiner, eigenlebendiger Schwanz, fand die Stellen, die am empfindlichsten sind und verlor sie nicht mehr.

Ich schrie und schrie und schrie ...

... und kam und kam und kam.

Der Orgasmus war fast so gewaltig wie die, die ich normalerweise nur mit *Silverwolf* hatte.

Ich zitterte ...

... lächelte ...

… schluchzte.

Aphrodite kam nach oben zu mir, nahm mich in den Arm, küsste mich sanft, wollte mich beruhigen. Doch ich wollte überhaupt nicht beruhigt werden, fühlte mich weder schwach noch verletzlich, sondern aufgepowert und lebendig ohne Ende. Ich befreite mich, richtete mich auf, drehte *Aphrodite* dabei auf den Rücken.

Sie erkannte … und grinste.

Sie legte den Kopf weit in den Nacken und bot mir ihren herrlichen Körper dar.

Here we go!, dachte ich und biss ihr gierig in den Hals.

»Keine Spuren!«, keuchte sie und drückte mein Gesicht trotzdem fester gegen ihr Fleisch. »Alex steht nicht drauf, wenn ich außer mit ihm zusammen fremd ficke.«

Ich biss noch einmal zu, etwas leichter nun und vorsichtig, um keine Spuren zu hinterlassen. Es war scheiße schwer, mich soweit zu beherrschen, weil in mir alles rauschte, pochte, gierte, wollte.

Meine Fingernägel kratzten leise an ihren Schultern, ihren Armen und an ihren schlanken Seiten herab, bis hin zu ihrem fast schon kleinen Arsch und ihren Schenkeln. Sie stöhnte. Mein Mund, meine Zähne und meine Zunge wanderten von ihrem weichen Duft kostend über ihren Hals und ihr Schlüsselbein nach unten hin zu ihren Brüsten.

Als ich ihren kleinen köstlichen Nippel zwischen die Zähne nahm, wurde mir wieder rot vor Augen, so überwältigend geil war das bis heute nur in Träumen und Wichsphantasien erlebte Gefühl.

Ich war hin- und hergerissen. Ich hätte gern Ewigkeiten hier verharrt und nichts anderes getan, als nur ihre Brüste zu küssen, zu schlecken und zu beißen. Gleichzeitig aber gierte es mich nach ihrer Muschi, nach ihrem Geschmack dort, und danach, mich bei *Aphrodite* für den heftigen Orgasmus zu revanchieren, den sie mir gerade eben geschenkt hatte.

Meine Fingernägel in das warme Fleisch ihrer Brüste krallend, kletterte ich nach unten. Ihr süßes berauschendes Aroma schwebte mir in die Nase, und mein Herz pochte mir bis zum Hals. Ich trank ihre Wärme mit der Haut meiner Finger, meiner Wange und meiner Brüste, die ich beim Runterwandern über ihre Haut rieb.

Aphrodites Schenkel flossen wie von selbst auseinander, und ich biss zu, nicht sehr fest, aber auch nicht besonders zaghaft. Es war keine Absicht, einfach nur Gier, aber ich musste beißen.

Sie schrie vor Lust und bäumte sich auf.

Noch einmal biss ich zu.

Ihre Muschi – ebenfalls rasiert – glühte.

Und ich begann zu lecken.

Ich leckte sie wie man einen Tropfen Eis leckt, der die Waffel herunterläuft, festzart mit breiter Zunge. Sie schmeckte ein wenig salzig, aber so viel süßer als ein Schwanz – so viel wärmer.

Meine Zungenspitze fand den Weg zwischen ihre Schamlippen wie von selbst, drängte sie auseinander, schleckte nach.

»Ja!«, stöhnte sie auf.

Jetzt erfuhr ich, warum die Nässe der Frau so oft als Nektar bezeichnet wird. Ihr warmer Geschmack machte mich noch geiler, noch lebendiger, und ich fühlte mein eigenes Blut durch jede Faser meines Körpers jagen.

Ich leckte sie wie ein Kätzchen, das Milch leckt, kleine schnelle Zungenschläge gegen ihre Klit. Dabei griff ich nach oben und zwirbelte ihre immer härter werdenden Nippel.

Sie stöhnte tief, lang anhaltend und verlangend, spannte ihren Körper wie einen großen Bogen und ihre Schenkel und ihr Bauch bebten.

Schleck, schleck, schleck, schleck, schleck ...

»Ja!«, stieß sie hervor.

»Ja! Ja! Ja!«, rief sie im schnellen Takt meiner Zunge.

Ihr kleiner Arsch und ihre Beine begannen unkontrolliert zu zucken.

»JAAAAAAAAAAAAAA!«, brach es da plötzlich aus ihr heraus. Sie verkrampfte sich, presste mein heißes Gesicht gegen ihre noch heißere Muschi ... und für einen Augenblick stand die Welt still ... ehe sie, plötzlich wieder ganz entspannt, in sich zusammenbrach.

Sie war fertig.

Ich aber nicht. Ich wollte diese süße fremde Frau nicht nur befriedigen, ich wollte sie begeistern.

Ohne Vorwarnung trieb ich Zeige- und Mittelfinger schön fest ausgestreckt und gerade haltend wie einen steifen Schwanz in ihr kleines, nasses Loch hinein.

Sie stöhnte rollig und zutiefst lüstern auf und spannte sich sofort wieder an.

Und ich fickte sie mit meinen Fingern: hart, schnell und gerade. Aber damit nicht genug! Während ich meine Finger in sie stieß, begann ich wieder zu lecken. Noch gieriger diesmal. Das Rot vor meinen Augen wurde fast Schwarz, aber ich verlor sie nicht ganz, die Kontrolle über mich selbst, und das, was ich mit *Aphrodite* tat.

Fickende Finger, leckende Zunge. Es war eine Sache von Sekunden! *Aphrodite* bäumte sich auf, als hätte ich eine volle Ladung Strom in sie gejagt. Sie schrie, trampelte mit den Absätzen ihrer Stiefel unkontrolliert auf das Parkett, krallte sich mit ihren Fingernägeln in meine Schultern ...

... und kam!

Ich grinste, ohne jedoch mit Fingerficken oder Lecken aufzuhören. Stattdessen streckte ich nun auch den Ring- und den kleinen Finger fest aus und trieb ihr, ebenfalls ohne Vorwarnung, beide bis zum Anschlag in ihren kleinen engen Arsch hinein.

Ihr lang anhaltender Schrei, noch mitten im zweiten Orgasmus, wurde zu einer Mischung aus Vergnügen, Schmerz und triebhafter Geilheit.

Die Freiheit, mit der diese Frau sich und ihre Gefühle gehen ließ und zeigte, machte mich noch mehr an. Ich schwitzte am ganzen Leib und spürte, dass auch ich völlig angespannt war wie eine Raubkatze auf dem Sprung, all meine Kraft in meine Stöße und mein Schlecken legend.

Plötzlich schlug *Aphrodite* ihre Arme wie eine Gekreuzigte weit nach außen, krallte ihre Fingernägel über das Parkett.

»Aaaaaaaaaaaaaaaargh!«, schrie sie auf, und für einen kurzen Augenblick befürchtete ich, ich hätte ihr aus Versehen innen drin irgendwie schrecklich wehgetan. Aber dann lachte sie, keuchte zugleich, japste, schnappte nach Luft, lachte wieder … und das Lachen klang ein bisschen süß wahnsinnig. Tränen rannen ihr in dünnen Bächen über die rot glühenden Wangen hinunter.

»Aufhören! Bitte!«, flehte sie und brach dann völlig zusammen. Unkontrolliert zuckend und am ganzen Leib zitternd lag sie am Boden. Und wie zuvor sie, kletterte nun ich zu ihr hinauf und nahm sie liebevoll in meine Arme. Sie klammerte sich an mich und schluchzte süß und stockend. Ich streichelte ihr das schweißnasse Haar aus der Stirn und küsste ihre Wangen, drückte sie an mich und hielt sie einfach nur fest, bis sie allmählich wieder zu Bewusstsein kam.

»So so!« Sie lachte endlich. »Jungfrau! Mann, Mann, Mann,

Mann!« Sie schüttelte ungläubig den Kopf. »So hat es mir echt noch niemand besorgt.«

Das erfüllte mich natürlich mit Stolz, und ich war *Silverwolf* doppelt dankbar für all das, was er mich gelehrt hatte.

***

Die nächste Stunde verbrachten wir mit Rumknutschen, Schmusen, Prosecco schlürfen, Erzählen und Kuscheln.

Es war nicht schwer, *Aphrodite* zu mögen, weil sie so unverfälscht offen und direkt war, und dabei sehr interessiert und grundsätzlich ein unglaublich entspannter, lebensfroher Mensch.

Nach einer kleinen Weile wurde aus dem Schmusen und Kuscheln wieder mehr, ein Aneinanderdrängen, gierigere Küsse, festere forderndere Griffe. Wir rieben einladend unsere Muschis an unseren Schenkeln, packten gegenseitig unsere Ärsche und pressten unsere Brüste und die inzwischen längst wieder hart gewordenen Nippel aufeinander.

Da veränderte *Aphrodite* ihre Position, sodass sie mit gespreizten Schenkeln ihre Muschi auf meine pressen und daran drängend reiben konnte. Es zuckte in mir heiß und verlangend.

Und so fickten wir uns gegenseitig erst fließend weich, dann aber plötzlich mit harten festen Stößen gegenseitig zum Klimax.

Ich jauchzte vor Wonne, musste unkontrollierbar grinsen und ein bisschen schreien ... zuckte ihr schnell und hungrig entgegen.

Und dann war da auf einmal der Dildo.

So einen hatte ich noch nie gesehen! Er war ganz aus gelartigem, durchsichtigem Gummi, etwa einen halben Meter lang, und beide Enden waren wie Schwänze geformt.

Eines der Enden stopfte sie so schnell und tief in mich, dass mir für einen Moment lang die Luft wegblieb. Das andere Ende steckte sie sich selbst hinein – wir lagen immer noch Muschi an Muschi, die Schenkel ineinander verschlungen – und wir fingen wieder an, uns gegenseitig zu ficken.

Nichts an unseren Bewegungen war mädchenhaft züchtig oder zurückhaltend, wir gaben es uns hart und unbeherrscht. *Aphrodite* lutschte und biss an meinen Zehen, während ihr Becken gegen das meine stieß, und ich das geile Gefühl hatte, der in mir hin- und herzuckende Dildo würde mir gleich das Herz aufspießen.

Ich hab keine Ahnung mehr, wie oft ich dabei gekommen bin. Und danach war ich so vollkommen und endgültig befriedigt, dass ich glaubte, nie wieder Sex brauchen zu müssen. Meine Muschi war wund und brannte, und ich hatte jetzt schon überall Muskelkater.

Gleichzeitig waren wir beide, die süße *Aphrodite* und ich, aber irgendwie noch immer geil, oder wieder ... irgendwie andauernd. Es war so ganz anders als mit einem Mann, der, auch wenn er noch so ausdauernd ist oder noch so oft kann, nach dem Abspritzen erst einmal eine mehr oder weniger kurze Pause braucht – von *Souleater* abgesehen.

Wir beiden Frauen konnten ficken und ficken und dabei kommen und kommen. Jedes Mal glaubten wir, jetzt völlig fertig zu sein und plötzlich wurden wir doch wieder geil, hungrig und bereit.

»Sowas wie dich hab ich noch nie erlebt«, sagte *Aphrodite* grinsend erfüllt und erfreut.

»Ich auch noch nicht so was wie dich!«, gab ich das Kompliment nur zu gern und absolut der Wahrheit entsprechend zurück.

»Egal was dieser *Souleater* für ein Typ ist«, sagte sie – wir hatten in der Zwischenzeit ausführlich über den von ihm geplanten Dreier gesprochen – »Wenn mit ihm zu ficken die einzige Chance ist, dich wiederzusehen, haben wir einen Deal! Aber Alex darf nichts davon erfahren, okay?!«

Wie bei einem Geschäftsabschluss schüttelten wir einander die Hände. Dann knutschten und schmusten wir wieder ein bisschen herum und tranken eine zweite Flasche Prosecco.

***

Später irgendwann zog ich mich dann an, um zu gehen. Ich musste mich beeilen, wenn ich den letzten Zug zurück noch erwischen wollte.

Aphrodite sah mir dabei zu, wie ich in meine Klamotten schlüpfte, und ihre Blicke rieselten wie kleine süße Küsse über meine Haut, zumal ihre Augen schon wieder diesen lüsternen Glanz annahmen.

Wortlos erhob sie sich und ging an einen Schrank.

»Dreh dich herum und mach die Augen zu!«, bat sie mich lächelnd.

Ich tat, worum sie mich gebeten hatte und wartete geduldig, aber auch neugierig etwa eine Minute.

»Jetzt kannst du dich wieder umdrehen«, sagte sie, und in ihrer Stimme schwang dieselbe samtige Erregung wie schon bei unserem Telefonat.

Ich drehte mich herum.

Und ganz so, als hätte ich jahrelang keinen Sex mehr gehabt, wurde ich schlagartig wieder nass und geil.

Aphrodite stand in ihren hohen Stiefeln und den halterlosen Strümpfen, die inzwischen an mehreren Stellen zerrissen waren, vor mir, ansonsten splitternackt und aufreizend schön. Um die Hüfte herum trug sie ein ledernes Geschirr mit einem steifen riesigen Gummischwanz daran, gut doppelt so dick wie der Dildo. Die pralle Eichel zeigte steif und hart zu meinem Gesicht hoch.

Wie gebannt stand ich da, und *Aphrodite*, diese herrliche Göttin der Lust, ging breit und lüstern grinsend und mit wiegenden Hüften auf mich zu. Der Schwanz wippte mit jedem ihrer Schritte auf und ab, hypnotisierend wie eine zum Zuschlagen bereite Kobra.

Dann war ihr Gesicht mit einem Mal ein kleines Stückchen härter, ernst und entschlossen.

»Du liebst es also auf die harte Tour!« Sie grinste – ein bisschen wie eigentlich nur ein geiler Mann grinsen kann. Ich hatte ihr von *Silverwolf* und *Souleater* erzählt und davon, dass es deren Härte und Dominanz war, die mich bei beiden, wenn auch auf völlig unterschiedlichen Ebenen, so erregte.

Ich nickte und schluckte trocken.

»Dreh dich um, du Miststück!«, knurrte sie. Wie ferngesteuert folgte ich ihrem Befehl. Ich stand vor der Rückenlehne eines Sessels und zitterte plötzlich wieder vor nervöser Erregung.

Aphrodite packte meinen Nacken und drückte mich nach vorn über die Lehne. Gleichzeitig griff sie mir zwischen die Arschbacken und zog meinen String zur Seite, um mit ihren Fingerspitzen meine Nässe zu testen. Dann plötzlich drückte sie mir die Gummieichel gegen die Muschi, stellte sich fest hinter mir auf und rammte das Riesenteil bis zum Anschlag tief in mich hinein.

Ich schrie – sie fickte.

Ich schrie lauter – sie fickte härter!

Sie hielt mich mit der einen Hand an der Taille und mit der anderen packte sie mein Haar, zog meinen Kopf weit nach hinten in den Nacken und trieb es mit mir wie ein Mann.

Hart, schnell, gierig, tief und gut!

Der Sessel rutschte unter ihren heftigen Stößen über den Boden, bis er an der Wand zum Stehen kam, und ich es jetzt noch härter und tiefer abbekam.

»Hart genug?« Sie lachte rau und geil.

»Ja!«, keuchte ich.

Und ich hörte nicht mehr auf »Ja« zu stöhnen und zu schreien, bis ich kam und kam und kam und über der Lehne zusammenbrach und irgendwann nur noch stammelte.

Dann bin ich, anders als geplant, doch über Nacht bei *Aphrodite* geblieben. Außerdem den ganzen nächsten Tag!

Und ich hab mich mehr als einmal mit genau dem gleichen Geschirr, heute weiß ich, dass der Anschnalllümmel Strap-on heißt, bei meiner nimmersatten Gastgeberin revanchiert.

grins

9. SilverWolf

INTERNET-MESSAGE VON *SILVERWOLF*:

... die sonne scheint grell durch die lamellenläden des offen stehenden fensters ... leichte gardinen wehen im morgenwind ... du liegst auf dem großen, völlig weiß bezogenen holzpfostenbett ... nur ein dünnes laken über deinem nackten körper ... die augen im leise wachwerden noch geschlossen ... der duft von rosen und verbranntem gras steigt dir schmeichelnd in die nase ... von der küche herauf das blubbern der italienischen kaffeemaschine und das aroma frischer brötchen ... vorfreude ... ein schöner tag ...

da – schritte nackter füße auf dem dielenboden ... dein lächeln wird breiter; die augen bleiben geschlossen ... süße vertrautheit ... das klappern eines tabletts auf dem nachttisch ... du tust so, als würdest du noch schlafen ... räkelst dich ... das laken fließt von einer deiner herrlichen brüste hinab auf den bauch ... der nippel wird von der sonne geküsst; kräuselt sich; spannt sich ... eine leise süße einladung ...

... meine lippen begrüßen ihn zärtlich, diesen einen nippel, den vorwitzigen ... meine zungenspitze tupft leise darauf ... ein zweiter kuss gehaucht aufs dekolleté ... ein dritter auf deinen sich langsam streckenden hals ... auf deine halb geöffneteten lippen ein vierter ... zart legt sich deine hand den kuss begleitend auf meine wange ... du atmest meinen duft ... ich trinke deinen atem ... streife mit meinen fingern durch dein haar ... löse mich erst nach einem langen süßen kuss von dir ...

»mund auf«, flüstere ich ... du folgst lächelnd der bitte ... ein brötchen erwartend mit honig ... oder einen schluck milchkaffee ... und stellst freudig erregt fest, dass du dich geirrt hast ... als ich meine pochende eichel auf deine zunge lege ... und dir meinen schwanz in den mund schiebe ...

... fingerspitzen tanzen wissend, forschend, kennend über deine haut, die prickelnd glüht ... vereinzelte küsse stehlen sich auf deinen nacken, deinen hals, entdecken dich, dein zittern ... wecken deine ohnehin nicht schlafen wollende lust ... meine zähne gleiten über dich, knabbern, beißen zärtlich zu; manchmal fest ... hände begreifen dich, packen und fassen dich an, spielen mit deinen schenkeln, deinem haar, deinen kribbelnden brüsten ... während mein schwanz zwischen deinen lutschenden lippen wächst und härter wird ... und härter ... fordernde männerlippen küssen deinen bauch, wandern zu deinem schoß ... während du mein fleisch tief in dich hinabschlingst, bis du keine luft mehr bekommst ... fühlst wie nässe dir über die schenkel fließt ... willst gefickt werden ... hart und tief ... bietest dich an ... dein strahlender blick ein süßes, geiles, hungriges flehen ... willst aufgespießt sein, erfüllt, gedehnt, kraftvoll gestoßen ... willst heißes fleisch spüren ... dich hingeben ... benutzt werden ... gefickt werden ...

noch einmal: guten morgen, süße kleine prinzessin! ;-)

10. SoulEater

Souleater erklärte sich mit meiner Wahl zufrieden. Die Fotos, die ich ihm von *Aphrodite* – natürlich mit ihrem Einverständnis – zumailte, gefielen ihm, und wir vereinbarten gleich für den kommenden Sonntag ein Treffen.

Das Date sollte in einem echten Klassenzimmer stattfinden, und wir beiden Mädels hatten als Schulmädchen zu erscheinen. Nicht besonders erregend vielleicht, aber ganz witzig. *Aphrodite* und ich hatten uns für Karo-Röckchen, weiße Blusen, weiße Spitzensöckchen und Lackschuhe entschieden und dafür, das Haar links und rechts zu Mauseschwänzchen-Zöpfen zu binden.

Ich war damit noch nicht fertig, als *Aphrodite* bei mir zuhause ankam, um mich abzuholen. Sie war über eine Stunde zu früh.

In voller Absicht!

Kaum hatte ich ihr die Tür geöffnet, und wollte mich gerade über ihr wirklich niedliches Outfit lustig machen, da hatte sie mir schon zwischen die Schenkel gepackt und küsste mich gierig. Die glühende Hitze ihres Gesichts ließ mich darauf schließen, wie heiß sie auf mich war, wie heiß sie die ganze Fahrt über von Nottingham aus auf mich gewesen sein musste. Ich packte sie bei der Taille und am Arsch und küsste gierig zurück. Denn auch ich hatte mich wahnsinnig darauf gefreut, sie wiederzusehen.

Mit dem Fuß trat sie die noch offenstehende Tür hinter

sich zu, griff mir in den BH – mehr als ihn und den Slip hatte ich noch nicht an.

Sie holte meine Brust heraus und biss gierig in den Nippel. Ich quiekte auf vor Lust und fasste ihr unter den Rock.

»Kein Slip?«, fragte ich heiser.

»In der Handtasche«, nuschelte sie und stöhnte mir gegen den Nippel, als ich ihre Klit erwischte und sofort heftig zu rubbeln begann.

Keine Gnade!, dachte ich amüsiert und rieb noch stärker. Ihre Beine begannen zu zittern. Auch ihr Finger fand seinen Weg unter meinen Slip und schlüpfte hart in mich. Die Lust, die dadurch in mich jagte, ließ mich meine Hand in ihre Muschi krallen und wir fielen von einer auf die andere Sekunde völlig animalisch vor Gier auf das Bett und übereinander her. Hastig half ich ihr dabei, meinen Slip auszuziehen ...

... und setzte mich auf ihr Gesicht.

69

Ich machte zwei meiner Finger hart und fickte sie in sie hinein, während meine Zunge breit ihre rasierte Muschi leckte.

Aphrodite ließ sich nichts schenken und stieß ebenfalls zu! Ein dritter Finger direkt in meinen Arsch. Das Miststück! Mir verschlug es den Atem. Sie keuchte unter ihrem Lecken und trieb ihre Finger in harten Stößen in mich hinein. Und so sehr es mich auch benebelte, ich tat genau das Gleiche ... stöhnte in ihr heißes nasses Fleisch hinein und ließ meine Finger in ihr vor- und zurückflutschen.

Keine von uns beiden hatte eine Chance.

Wir kamen gleichzeitig ... und gewaltig!

»Dreckstück«, ächzte ich zwischen ihren Schenkeln.

»Bitch!«, antwortete sie völlig außer Atem lachend und biss mir noch einmal abschließen in die Muschi, dass es nur so zuckte.

»Du hast mir gefehlt«, gestand sie, als ich mich zu ihr herumdrehte, um sie in die Arme zu nehmen.

»Du mir auch«, erwiderte ich ehrlich und küsste sie lange und liebevoll auf den Mund. Ihre Augen strahlten ... und meine ebenfalls. Wir drückten uns aneinander, die erhitzten Gesichter an unseren Hälsen vergraben und hielten uns einfach nur für eine kleine Weile schweigend und lieb in den Armen.

Ich genoss es sehr ... sehr ... sehr!

Aphrodite roch nach Parfum und dem Saft meiner Muschi. Ihr Haar nach Aprikose.

Ich schnurrte zufrieden wie ein Kätzchen an ihrer weichen großen Brust.

Eine kleine Weile später stahl sich ihre Hand wieder zwischen meine Schenkel, aber ich nahm sie weg.

»Später!«, versprach ich ihr, weil sie ein leicht enttäuschtes Schnäuzchen machte. »Jetzt erst mal zu *Souleater*.«

Sie grinste. »Bin gespannt, ob er hält, was du versprochen hast!«

»Wir werden auf jeden Fall unseren Spaß haben!« Dessen war ich mir ganz sicher.

***

Wie *Souleater* an den Schlüssel der kleinen Dorfschule etwas außerhalb von Liverpool gekommen war, blieb ebenso sein Geheimnis wie damals bei der Arztpraxis und beim Fitnessstudio. Aber es spielte auch nicht wirklich eine Rolle.

Aphrodite und ich betraten das vorher ganz genau beschriebene Klassenzimmer. Es war klein und roch muffig. Die alten Holzbänke und Stühle erschienen, wie aus einer Zeit noch vor dem Krieg. *Souleater* erwartete uns in Anzug und Krawatte. In der Hand hielt er einen langen Zeigestock. Als er unser Outfit sah, runzelte er die Stirn.

»Setzen Sie sich, meine Damen«, forderte er uns steif auf. »Und öffnen Sie diese kindischen Zöpfe. Sie sind schließlich Abiturientinnen, keine kleinen Schulmädchen!«

Jetzt erinnerte ich mich daran, dass *Souleater* »Schülerinnen« geschrieben hatte und nicht »Schulmädchen« ... und war froh darüber, dass er ganz offensichtlich keine Kinderphantasien hatte. Auch *Aphrodite* war wohler – ich sah es ihr an, als sie die Zöpfe aufflocht.

»So ist es besser!«, sagte *Souleater* streng. »Kommen wir zur mündlichen Prüfung. »Sie zuerst!« Er deutete auf *Aphrodite* und dann auf eine große von der Decke herabhängende Weltkarte. »Zeigen Sie uns die Länder, die Ende des achtzehnten Jahrhunderts an dem als ›Goldenes Dreieck‹ bekannt und berüchtigt gewordenen Handel beteiligt waren und erklären Sie die Besonderheiten dieses Handels.«

Aphrodite sah mich an und schaute ganz schön dumm dabei aus der Wäsche. Sie hatte sichtlich nicht die Spur einer Ahnung von diesem »Goldenen Dreieck«. Ich zuckte mit den Schultern und bedeutete ihr mit einem Nicken, einfach nach vorn zu gehen.

Souleater drückte ihr den Zeigestab in die Hand. Sie ging zur Landkarte, überlegte. Aber ihr fiel nichts ein. Sie ließ die Schultern sinken und den Blick.

»Sie scheinen nicht besonders gut vorbereitet zu sein«, stellte *Souleater* nüchtern fest. Er drehte sich zu mir herum.

»Miss«, sagte er zu mir. »Wären Sie bitte so freundlich und würden Ihrer Mitschülerin zeigen, welche Länder ich meine?«

Ich hatte keinen blassen Schimmer. Aber ich stand auf und trat zu *Aphrodite* hin. Sie zwinkerte mir zu, hatte schneller als ich durchschaut, wohin dieses Spiel führen würde. Sie übergab mir den Zeigestock. Ich schaute mir die Weltkarte an und kramte in meinem Gedächtnis. Natürlich hatte ich in der Schule vom »Goldenen Dreieck« gehört, aber was auch immer ich einmal darüber gewusst haben mochte, es war schon lange vergessen.

Auch ich senkte den Blick.

»Das ist bedauerlich«, sagte *Souleater* den Kopf schüttelnd, »wie Sie beide mit der wertvollen Zeit Ihres Lehrers umgehen. Und es verdient eine Züchtigung.«

Er hielt die Hand nach dem Zeigestock aus, und ich gab ihn ihm. Dann deutete er mit dem Zeigestock hinüber zum Lehrerpult. *Aphrodite* verstand sofort, setzte ein ganz beschämtes Gesicht auf, ging zum Tisch hinüber und legte sich mit dem Bauch darauf, sodass sie ihren Hintern in den Raum streckte.

Souleater deutete mit dem Stock, dass ich mich gefälligst neben sie zu legen hatte.

Ich tat es. Und ich musste mich anstrengen, nicht breit und frech zu grinsen in der freudigen Erwartung auf die nun folgende Züchtigung, sondern wie *Aphrodite* ein beschämtes und furchtvolles Gesicht aufzusetzen.

Doch damit war *Souleater* noch nicht zufrieden. Mit der Spitze des Zeigestocks hob er unsere Rocksäume nach oben und strich sie uns in den Rücken hoch, sodass wir beide ihm jetzt unsere weißen Spitzenhöschenärsche entgegenreckten.

KLATSCH! Der Stock sauste das erste Mal herab ...

... auf *Aphrodites* runden Arsch.

»Aua!«, jammerte sie gespielt.

KLATSCH! Der zweite Schlag traf mich.

»Autsch!« Der Schlag war nicht von schlechten Eltern, regte meine Durchblutung auf sehr angenehme Weise an.

KLATSCH! KLATSCH! ... KLATSCH! KLATSCH!

Für jede von uns noch zwei feste Schläge. *Aphrodite* grinste mich heimlich mit einem erregten Funkeln in den Augen an.

»Aua! Aua! Aua!«, jammerte sie laut, und ich musste mich wirklich sehr zusammenreißen, nicht laut loszulachen.

Dann hieß uns *Souleater* wieder aufzustehen und stellte uns noch zweimal Fragen, die zu schwer waren, als dass wir sie hätten beantworten können. Aber wir hätten sie auch nicht beantwortet, wenn wir es gekonnt hätten. Denn die Strafe, die jedes Mal folgte, war einfach zu köstlich.

Beim dritten Mal überließ er *Aphrodites* Züchtigung mir ... und umgekehrt. Ich schlug schön fest zu, weil ich gemerkt hatte, wie sehr *Aphrodite* das Spiel gefiel, und sie stöhnte unterdrückt auf vor Erregung.

Souleater schüttelte gespielt verzweifelt den Kopf.

»Bei Ihnen beiden ist wirklich jede Art von Bemühung um Disziplin vergeudet«, sagte er. »Vielleicht funktioniert es auf eine andere Weise. Vielleicht spornt eine Belohnung Sie mehr an, als eine Strafe.«

Er öffnete den Reißverschluss seiner Hose.

»Diejenige von Ihnen, die mir die nächste Frage richtig beantworten kann, für die habe ich eine Belohnung«, versprach er.

Aphrodite und ich warteten gespannt.

»Nennen Sie mir bitte den Satz des Pythagoras.«

»In einem rechtwinkligen Dreieck ist die Summe der Quadrate über den Katheten gleich dem Quadrat der Hypotenuse!«, schoss *Aphrodite* die Antwort heraus wie ein Schnellfeuergewehr. Mir fiel vor Erstaunen die Kinnlade nach unten. Vielleicht hätte ich ihn ja auch noch zusammengekriegt, den Satz des Pythagoras, aber niemals so schnell!

Aphrodite musste richtig heiß sein.

»Bravo!«, rief unser Lehrer. »Bravo! Ja, Sie haben sich eine

Belohnung verdient.« Er winkte sie zu sich heran, und als sie mit schüchternen Schritten bei ihm ankam, bedeutete er ihr, auf die Knie zu gehen. Sie folgte brav. Dann zeigte er auf seinen Reißverschluss.

»Schauen Sie doch mal nach, ob Sie hier etwas finden, was Ihnen gefällt, Miss.«

»Meinen Sie wirklich?«, zierte sie sich. »Ich kann doch nicht einfach ...«

»Sie haben es sich verdient«, beruhigte er sie lächelnd und tätschelte ihren Kopf.

»Sicher?«

»Ganz sicher.«

Das gerissene Luder griff mit spitzen Fingern in den Reißverschluss hinein.

»Oh!«, sagte sie erstaunt lächelnd. »Das ist aber ein schöner Schwanz!«

»Dachte ich mir doch, dass du weißt, was das ist«, sagte der Lehrer lächelnd. »Ihr Abiturientinnen heutzutage seid ja so was von frühreif. Kaum achtzehn und schon mit Jungs spielen.«

Aphrodite kicherte, als fühlte sie sich ertappt und knetete *Souleaters* Schwanz ein bisschen zwischen den Fingern.

»Hast du denn auch schon einmal einen Schwanz geküsst?«, wollte er wissen, und *Aphrodite* tat erschrocken schockiert.

»Einen Schwanz geküsst?!«, fragte sie. »So was darf man doch nicht! Mum hat es verboten! Davon fällt einem die Zunge ab, sagt sie immer!«

Der Lehrer lachte.

»So ein Unsinn!«, sagte er. »Deine Mutter hat ihre Zunge doch auch noch oder etwa nicht?«

»Meine Mum tut so etwas bestimmt ja auch nicht!«, tat die Schülerin geschockt.

»Grad letzte Woche hat sie es getan«, widersprach der Lehrer. »Deine Noten waren eigentlich zu schlecht, um dich bestehen zu lassen.«

»Echt?!?«, fragte *Aphrodite* überrascht, wobei sie wie nebenbei nun auch angefangen hatte, *Souleaters* Eier zu kraulen. Sein Schwanz war inzwischen schön hart geworden, und mir juckte es bei dem Anblick in der Muschi. »Meine Mum hat diesen schönen Schwanz geküsst? Immer darf sie alles, und ich darf gar nix! Menno!«

»Jetzt darfst du.« Der Lehrer lächelte gnädig und streichelte wieder ihren Kopf.

»Wirklich?«

»Wirklich!«

»Aber allein trau ich mich nicht«, sagte sie und kaute geziert auf dem Zeigefinger ihrer freien Hand herum.

»Wär es dir lieber, wenn deine kleine Freundin dir ein bisschen dabei hilft?«, fragte er sie.

»Au ja!«, rutschte es mir heraus, und ich sprang aufgeregt von einem Bein auf das andere.

»Dann würde ich mich bestimmt trauen«, meinte *Aphrodite*.

»Na dann«, lächelte der Lehrer ... und winkte mir zu.

»Deine Freundin hätte gern, dass du ihr ein bisschen hilfst«, richtete er sich an mich. »Und weil sie die Frage richtig beantwortet hat, will ich ihr den Gefallen gern tun. Aber du hast noch keine Frage richtig beantwortet. Deshalb darfst du ihn nicht küssen. Du darfst ihn nur halten.«

Ich zog eine traurige Schnute und ging auf die Knie. *Aphrodite* streckte mir hämisch die Zunge raus.

»Dann mal los, ihr zwei.«

Ich fasste *Souleaters* Schwanz an seiner Wurzel. Sein Pochen floss von meiner Hand direkt in meine Muschi. *Aphrodite* leckte sich die Lippen und beugte dann ihren Kopf nach vorn. Und sie tat es wirklich so, als wäre es das erste Mal in ihrem Leben, dass sie einen Schwanz lutschte ... und ich kniete daneben und schaute ihr voll neidischem Verlangen dabei zu.

Sie küsste ihn ganz vorsichtig auf seine tiefrote, runde Spitze. Einmal, zweimal ... das dritte Mal schon etwas fester. Dann leckte sie mit der Zunge darüber, schmatzte zweimal, wie um zu prüfen, ob er ihr denn auch schmeckte, und grinste mich dann überheblich an, ehe sie ihre wundervollen Lippen weit aufsperrte und sie gaaaaaanz tief über das saftige harte Fleisch zwischen meinen Fingern führte.

Mir lief das Wasser im Mund zusammen, als ich sie aus nächster Nähe dabei beobachtete, wie sie genussvoll langsam *Souleaters* Schwanz blies, dabei die Augen schloss und ihr Gesicht einen verklärt versonnenen Ausdruck annahm. Vom Gefühl her gehörte dieser Schwanz doch eigentlich mir, aber sie lutschte ihn, und ich durfte ihn nur halten. Aber statt dass es mich eifersüchtig machte, machte es mich nur noch geiler.

Ich schaute zu *Souleater* auf.

»Herr Lehrer«, begann ich zögerlich schüchtern.

»Ja?«, fragte er, und purer Genuss schwang leise zitternd im Hintergrund seiner Stimme, weil *Aphrodite* nicht damit innehielt, an seinem Schwanz zu lutschen wie an einer großen süßen Zuckerstange.

»Meine Freundin macht das ziemlich gut, nicht wahr?«, fragte ich ganz unschuldig.

»Oh ja!«, sagte er. »Das tut sie.«

»Ich wüsste aber, wie sie es noch besser machen könnte«, lockte ich.

»So?«, fragte er. »Du willst nur selbst naschen. Aber daraus wird nichts.«

»Nein, nein«, wehrte ich ab. »Das hab ich nicht gemeint. Aber ich glaube, sie ist noch ein bisschen sehr zurückhaltend, und ich könnte das ändern.«

»Wie denn?«, fragte er.

»Lassen Sie mich nur machen«, antwortete ich und griff mit der Hand zwischen *Aphrodites* Beine.

Sie hatte so wenig damit gerechnet, dass sie *Souleater* fast in den Schwanz biss, als ich ihr so dreist direkt an die Muschi fasste. *Souleater* stöhnte auf ...

... und nachdem ich binnen zwei Sekunden meine Finger unter ihren Slip geschoben, mit dem Zeigefinger ihre Klit und dem Mittelfinger ihr Loch gefunden und angefangen hatte, sie hart mit meiner Hand zu ficken, blies *Aphrodite* den Schwanz des Lehrers nicht länger wie eine gelehrige Schülerin, sondern so geil und so gierig, so geschickt und so wild wie eine Hure.

Souleater und sie stöhnten gleichzeitig auf. Ich hielt seinen Schwanz fest, und sie fickte ihn schleckend und mit schnell wippendem Kopf. Meine Finger an ihrer Muschi wurden nass, und ich steckte sie ein bisschen tiefer, ohne aber ihren Kitzler zu vergessen, den ich heftig rieb.

»So ist es gut!«, lobte *Souleater* und drückte uns sein Becken entgegen. *Aphrodite* röchelte gierig, als sein Schwanz ihr bis tief in den Rachen glitt. Jetzt bewegte ich die Hand am Schwanz so schnell wie die zwischen *Aphrodites* Schenkeln ...

... und *Aphrodite* belohnte mich dafür.

So gut sie es in ihrer eigenen Geilheit konnte, fasste auch sie mir zwischen die Beine. Sie war schon weit weg im Rausch, um noch koordiniert streicheln zu können, aber diesmal war es gerade ihr unkontrolliertes Fummeln, an dem ich den Grad ihrer Geilheit erkannte, das mich scharf und nass machte. Sie grub ihre Fingernägel in das weiche Fleisch meiner Muschi, so als wollte sie sich daran festhalten, und das Gleiche tat nun *Souleater* mit meiner Brust. Er riss mir die drei oberen Knöpfe meiner Bluse auf und langte ohne viel Federlesen in meinen BH.

Und so wichste ich die beiden, sie blies ihn, und beide fummelten an mir. Es war geil!

So geil, dass *Aphrodite* alles um sich vergaß, seinen Schwanz aus dem Mund nahm und ihn mir zwischen die Lippen steckte – weil sie wollte, dass ich auch etwas von ihm abbekam.

Gute Freundin!

lächel

Aber sie hatte nicht mit *Souleater* gerechnet!

»WAS hatte ich gesagt?«, fuhr er sie an und zog seinen Schwanz wieder aus meinem Mund. »Die Belohnung war nur für dich! Das war sehr, sehr ungezogen!«

»Es tut mir leid«, japste sie atemlos.

»Mit einer Entschuldigung ist es nicht getan«, wehrte er ab. »Das verdient eine Strafe!«

Sie schaute ihn mit vor Erregung hochrotem Kopf gespielt erschrocken an und zeigte deutlich ihre Furcht vor der bevorstehenden Bestrafung.

»Hierher!«, befahl er barsch und deutete wieder auf den Lehrertisch. Sie legte sich mit ängstlichem Gesicht mit dem Bauch nach unten darauf.

»Zieh ihr das Höschen aus!«, beauftragte er mich fordernd. Ich gehorchte.

»Nein, nein, nein«, zappelte und strampelte *Aphrodite* mit ihren schönen Beinen. »Ich hab es nicht so gemeint. Ich werde es auch ganz bestimmt nicht wieder tun. Ich verspreche es!«

Doch der Lehrer überhörte ihr Flehen ...

... und zog sich aus.

Sein nackt rasierter Schwanz stand dunkel und pochend von seinem durchtrainierten Körper ab.

»Komm her!«, befahl er nun auch mir. »Du bist genauso Schuld.«

»A-a-ab-ber …«, stammelte ich und machte dabei ebenfalls ein so erschrockenes Gesicht wie nur irgend möglich. »Aber ich hab doch gar nichts getan!«

»Hab ich dir erlaubt, meinen Schwanz zu küssen?«

»Nein!«, antwortete ich wahrheitsgemäß.

»Und hast du ihn trotzdem geküsst?«

»Ja«, gab ich kleinlaut zu.

»Und ich wette, er hat dir auch noch geschmeckt!«

Ich nickte beschämt.

»Knie dich neben sie!«

Ich kniete mich neben *Aphrodites* geilem Arsch auf den harten Boden.

»Hier! Mach ihn schön nass!«, befahl der Lehrer und stopfte mir seinen Schwanz in den offen stehenden Mund. Gleichzeitig packte er *Aphrodites* Backen und knetete sie. Dabei wanderten seine beiden Daumen in Richtung Mitte und begannen, ihr Loch zu streicheln.

Aphrodite strampelte nun, als wolle sie sich wehren.

»Nein, Herr Lehrer! Bitte nicht! Bitte nicht in den Popo!«, schrie sie.

Doch *Souleater* kannte keine Gnade. Kaum hatte ich seinen Schwanz nass genug geleckt, nahm er ihn aus meinem Mund heraus und führte ihn zwischen *Aphrodites* Arschbacken. Sie quiekte und trommelte mit den Fäustchen auf den Holztisch, während er, Millimeter um Millimeter, sein hartes Teil in ihr enges Arschloch schob.

»Nein, nein, nein!« Doch ich konnte in ihrer Stimme die

Geilheit hören, die sie fühlte, konnte in ihrem roten Gesicht und dem mehr und mehr verklärt werdenden Blick lesen, wie sehr ihr *Souleaters* Schwanz genau da gefiel, wohin er ihn jetzt steckte ... und wie heiß es sie machte, dass ich den beiden dabei zusah.

Souleater hatte sie jetzt mit beiden Händen an der Taille gepackt und fickte in festen, schnellen Stößen bestrafend in sie hinein.

Er griff zur Seite und nahm meine Hand, führte sie zwischen sich und *Aphrodites* Arsch. So bekam ich seine Eier zu fassen und ihre Muschi ...

... und ich bediente sie beide.

Mit der freien Hand stahl ich mich zwischen meine eigenen Beine, sodass *Souleater* es nicht sehen konnte, aber es juckte und pochte viel zu sehr in meiner Muschi, als dass ich sie jetzt hätte ignorieren können. Mit kleinen, aber harten Bewegungen meines Mittelfingers fickte ich meine Klit, während ich die Finger meiner anderen Hand abwechselnd in *Aphrodites* Muschi nassmachte und dann ihren Saft auf *Souleaters* Eiern und am unteren Teil seines Schwanzes verteilte.

Aphrodite stöhnte inzwischen laut und brünstig im Takt der harten Stöße. Sie hatte sich mit den Händen an der gegenüberliegenden Tischkante verkrallt und stemmte ihren Arsch so fest es ging dem Drängen des strafenden Lehrers entgegen.

»Bitte nicht so hart«, wimmerte sie trotzdem immer wieder zwischendurch. »Bitte!«

Souleater stieß zu. Seine Rechte packte sich wieder die Brust in meinem BH, riss hart daran. Mein Nippel brannte wie Feuer.

Mir wurde rot vor Augen.

Doch *Aphrodite* kam schneller als ich.

»Ja!«, japste sie plötzlich. »Ja! Ja! Ja!«

Ich bohrte zwei meiner Finger in sie hinein und konnte durch ihr Fleisch hindurch *Souleaters* Schwanz in ihrem Arsch fühlen. So hart ich konnte, drehte ich meine Finger jetzt, da sie kam, in ihr hin und her, und sie schnappte über.

Sie spannte sich an wie eine Stahlfeder, ihre Muschimuskeln brachen mir fast die Finger.

»Jaaaaaaaaaah!« Sie fiel nach vorn auf dem Schreibtisch. In Sekundenschnelle erkannte Souleater, dass sie vorläufig außer Gefecht gesetzt war, aber er war wohl kurz vor dem Abspritzen und wollte sich jetzt auch nicht zurückhalten. Das Spiel gefiel ihm genau so gut wie uns.

»Auf den Tisch!«, befahl er mir. »Knie dich über ihr Gesicht!«

Ich gehorchte ohne zu zögern und kletterte, während er *Aphrodite* auf den Rücken rollte, so auf den Tisch, dass meine Muschi nun über ihrem glühenden Gesicht schwebte und mein Gesicht über ihrer Muschi.

69, die Zweite!, schoss es mir lächelnd durch den Kopf.

Souleater ging um den Tisch herum, sodass er nun hinter mir und über *Aphrodites* Kopf stand, und schob seinen warmen Schwanz in mich hinein. Ich hätte ihn jetzt auch gern im Arsch gehabt, aber ihm genügte meine Muschi.

Ich stöhnte laut auf, als er seine ganze Länge in mich hineindrückte. *Aphrodites* Duft stieg mir in die Nase, und ich senkte mein Gesicht zwischen ihre Schenkel, als *Souleater* jetzt fest in mich zu ficken begann. Meine süße Freundin war nass – und nach ihrem Orgasmus für einen Moment ungeheuer empfindlich. Aber ich ließ mich davon nicht stören. Ich presste meine Lippen auf ihre und fing an sie mit breiter Zunge zu schlecken. Ihr Schoß zuckte mir entgegen. Einen kleinen Moment später fühlte ich, wie auch sie anfing, mich mit ihrer Zunge zu bearbeiten.

Ihre Zunge an meiner Klit, ihren Duft in der Nase, ihren Saft in meinem Mund und *Souleaters* dicken harten Fickschwanz in meiner Muschi …

Ich kam, als hätte jemand ein Zehntausend-Volt-Kabel an mich gehalten.

Mir stockte der Atem ... das Herz schien stehengeblieben zu sein ... jeder Muskel meines Körpers verkrampfte sich ... schweißnasses Haar klebte mir im Gesicht.

Dann brach es aus mir heraus ... in einem ewigen, langgezogenen Schrei.

Doch die beiden hörten nicht auf, mich zu ficken. *Aphrodite* mit ihrer Zunge und jetzt auch mit ihren Fingern, *Souleater* mit seinem Schwanz, den er hin und wieder kurz herauszog, um damit *Aphrodite* zwischen die Lippen zu füttern.

Ich lag, für einen kurzen Moment völlig erschöpft, auf *Aphrodites* Bauch und keuchte, spielte vergessen mit meinen Fingern zwischen ihren Schenkeln. Sie war schon wieder kurz vorm Kommen. Also schenkte ich ihr, so matt ich auch gerade war, meine Zunge.

Und sie revanchierte sich dafür mit zwei Fingern in meinem Arsch, während *Souleaters* Schwanz noch immer tief in meiner Muschi tobte und pumpte.

Aphrodite und ich kamen gleichzeitig.

Und wie!

Doch *Souleater* gönnte uns keine Pause.

»Runter, ihr zwei!«, befahl er, und wir kletterten vom Tisch, knieten uns vor ihm hin. Als ich seinen Schwanz in die Hand nehmen wollte, wischte er sie zur Seite. Stattdessen legte er nun selbst Hand an und wichste sich hart.

Aphrodite und ich streckten unsere Zungen raus, um seinen Saft gebührend zu empfangen. Und es war jede Menge Saft, der da in unsere Gesichter spritzte, als es ihm endlich kam.

Nur einen Teil davon fingen wir mit unseren Zungen und offenen Mündern ab. Aber jeden Tropfen, den wir nicht erwischt hatten, schleckten wir uns jetzt genussvoll gierig gegenseitig von den Lippen, den Gesichtern und unseren glühenden Brüsten.

***

»Nicht schlecht!«, gab *Aphrodite* anerkennend pfeifend zu, als wir kurz darauf wieder bei ihr im Wagen saßen. *Souleater* hatte sich gleich nachdem er gekommen war, angezogen und war gegangen. Er hatte noch irgendeinen anderen Termin.

»Aber ich hab immer noch Hunger«, sagte sie feixend. »So ein bisschen wenigstens.«

Ich lachte, als ich ihr schelmisches Gesicht sah.

»Du Nimmersatt!« Ich grinste. »Wir hätten uns auch von vier Typen durchficken lassen können, und du hättest noch Hunger!« Der spontane Gedanke an eine Orgie gefiel mir gut und ich beschloss, ihn in Gedanken zu speichern.

»Mach mal das Handschuhfach auf«, lachte sie statt zu antworten.

Ich öffnete es. Darin lag der Strap-on.

»Ich dich!«, sagten wir beide gleichzeitig.

lach

»Okay, wir knobeln!«, schlug *Aphrodite* vor, während sie den Wagen von der Landstraße ins Feld lenkte.

Wir knobelten mit den Händen.

Sie streckte die Schere aus, ich den Stein. Ich hatte gewonnen ...

... und fickte sie an diesem Tag noch drei Mal richtig hart durch.

11. SilverWolf

Ich saß auf *Silverwolfs* Schwanz, fickte ihn mit langsam kreisenden Bewegungen meines Beckens und fütterte ihn mit blauen Tafeltrauben. Er kaute lächelnd.

»Du tust mir gut!«, sagte er tief und nahm meine Brüste in seine großen starken Hände, streichelte die Nippel mit den Daumen hart. Er hatte mich heute schon drei Mal genommen, und sie brannten mörderisch, trotzdem war die Berührung schön, erregte mich.

In Gegenwart dieses Mannes konnte ich gar nicht anders, als erregt zu sein. Und wenn ich es tatsächlich einmal für ein paar Minuten nicht war, brauchte er mich nur zu berühren.

Durch das Fenster in meinem Rücken fiel silbriges Mondlicht. Mein Körper warf seinen Schatten auf seine Brust und sein Gesicht, aber ich konnte seine Augen trotzdem strahlen sehen ... und sein Lächeln. Es streichelte mich wie tausend zärtlicher Hände. Ich griff an meinem Rücken entlang, meinem Arsch vorbei nach unten zwischen seine Beine und spielte mit seinen Eiern, die ganz nass von meinem Saft waren.

Er nahm mir die Schale mit den Trauben aus den Händen, stellte sie zur Seite und verstärkte den Griff an meinen Nippeln.

»Fick mich hart!«, grollte er unvermittelt triebig und drückte mir sein Becken entgegen, pflanzte seinen Schwanz noch tiefer in mich.

Ich grinste, stützte mich mit den Händen auf seine breite Brust und lehnte mich nach vorn, um noch besser mit meinem Becken spielen, ihn auf und ab wippend ficken zu können.

Meine Muschi spießte sich auf sein hartes Fleisch, entließ es dann, jedes Mal nur kurz, um es dann wieder schlucken und an ihm saugen zu können.

»Ja!«, stöhnte er und legte den Kopf genussvoll nach hinten, ohne mich jedoch aus den Augen zu lassen. Er liebte es, mich anzusehen, und ich liebte es, wenn er mich ansah. Ich präsentierte ihm meine weichen harten Brüste, ließ sie über sein Gesicht hängen, um ihn davon mit hungrigen Bissen kosten zu lassen ... schabte meine Klit über seine feste Scham ... krallte meine Nägel tief in die Haut seiner Brust ... stieß immer schneller zu mit meinem Becken, in dem es brodelte und pochte.

Schweiß lief mir von der Stirn über das Gesicht, den Hals herab, zwischen meinen Brüsten hin zu meinem Bauch, sammelte sich dort, wo wir vereint waren, vermischte sich mit dem seinen.

»Fester!«, keuchte er in meine Lippen hinein, als ich ihn küsste. Und ich fickte ihn fester! Er griff nach unten an meinen Arsch, spreizte mir die Backen ...

... und fand mit einem Finger mein zweites Loch ...

... drückte ihn hinein ...

... krümmte ihn kraftvoll in mir.

Ich kam!

Und wie ich kam! Völlig unvorbereitet und heftig. Eben noch nur geil und heiß darauf, ihn zu befriedigen, gleich darauf schon wieder hilfloses Opfer seiner Kunst, mit mir zu spielen – einfach nur unkontrolliert zuckendes, williges, animalisches Weib.

Aber ich stieß weiter! Und wenn ich dabei drei Mal kommen und mir das Mark aus dem Rücken saugen würde, ich würde ihn zum Abspritzen bringen! Das war mir mehr als nur ein Wunsch ... es war mein Ziel ... meine Erfüllung.

Ich stieß zu. Fester und fester, all meine Kraft mobilisierend, stöhnte heiser und hörte mich dabei fast wie ein grunzendes Schwein an, es war egal. Die Haare klebten mir im Gesicht und meine Augen glühten in süßem Wahnsinn, so wie die seinen voll geiler Begeisterung glühten.

»So – ist – es – gut!«, knurrte er tief und lutschte gierig an meiner Zunge, packte mich hart im Nacken und presste meinen stoßenden Leib auf seine breite Brust, seinen weichen Bauch.

Und wieder kam ich. Der Klang seiner Stimme machte mich rasend, aber ich fickte weiter!

Und weiter ... und weiter ... und weiter!!!

»Komm für mich!«, bat ich stöhnend. »Gib mir deinen Saft! Spritz ihn in mich! Bitte ... bitte ... bitte!«

Dann endlich kam er ... bäumte sich unter mir auf wie ein wilder Hengst ... hob mich in die Luft ... brüllte wie ein Löwe ... kam ... und trieb mich damit ebenfalls noch einmal zu einem genialen Höhepunkt.

Vor Anstrengung und Glück schluchzend brach ich auf ihm zusammen ... seinen Schwanz noch immer in mir pochend ... seinen heißen Atem in meinem Ohr.

Er streichelte meinen zitternden Rücken, küsste zärtlich meinen Hals ... meine Wangen ... meine trockenen Lippen ... hielt mich fest ... behütete mich.

Minuten später, ich hatte uns beide mit einem feuchten warmen Handtuch gewaschen, lag ich an ihn gekuschelt in seinen Armen und streichelte seine Brust. Er kraulte meinen Nacken.

»Ich muss übermorgen für zwei oder drei Tage geschäftlich nach London«, sagte er leise, ohne mich anzuschauen. »Ich möchte, dass du mich begleitest.«

Mein Herz hüpfte vor Freude. Er wollte mich tatsächlich an seinem Leben teilhaben lassen.

»Hast du Lust?«, fragte er, als ich nicht gleich etwas sagte.

»Ja!«, hauchte ich und kuschelte meine Nase gegen seinen Hals. Er sollte nicht sehen, dass da gerade eine kleine Glückstränе floss. »Ja! Ja! Ja!«, flüsterte ich heiser.

***

Am nächsten Morgen checkte ich meinen Vorlesungsplan. Es würde zwar ein bisschen Stress bedeuten, die ausfallenden Seminare nachzuholen, aber das war kein Problem. Da gestaltete sich mein Nebenjob schon schwieriger. Eigentlich würde ich morgen und übermorgen arbeiten gehen müssen. Aber ich wollte nicht darauf verzichten, *Silverwolf* nach London zu begleiten. Er würde sich dort mit einem Filmproduzenten treffen, um die Verfilmung seines vorletzten Romans zu verhandeln. Nachdem man sein vorheriges Buch grottentief schlecht verfilmt hatte, wollte er dieses Mal das Drehbuch selbst schreiben. Es würden harte Verhandlungen werden, und ich fühlte mich geschmeichelt, dass er mich dabei in seiner Nähe haben wollte. Ich würde zwar nicht an den Verhandlungen teilnehmen, aber in der übrigen Zeit für ihn da sein können.

Nach einigem Hin und Her hatte ich meinen Dienst mit zwei anderen studentischen Mitarbeitern getauscht und dabei natürlich, wie das immer so ist in solchen Situationen, gehörig draufgelegt. Für jeden Tag, den mir einer von ihnen abnahm, würde ich anderthalb Tage von ihnen übernehmen müssen. Ein Hoch auf den Kapitalismus!

grummel

***

Wir hatten sehr früh, aber ausgiebig bei *Silverwolf* zuhause gefrühstückt – Eier mit Speck, Honigcroissants und Milchkaffee; ein kleiner Blowjob zwischendrin ... aber sonst ganz artig.

grins

Ich merkte, dass er wegen der Besprechung angespannt war, die er absichtlich auf den späten Nachmittag gelegt hatte, damit wir uns nicht zu beeilen brauchten.

Pünktlich um halb neun wurde der Mietwagen geliefert – *Silverwolf* besaß kein eigenes Auto. Der Geliehene war ein BMW 530 tdi, der würde die Kilometer nur so fressen. Wir luden unser Gepäck ein und fuhren los.

Die Sonne kletterte behaglich scheinend in den Vormittagshimmel hinauf, und ich räkelte mich in dem bequemen Ledersitz, während *Silverwolf* den Wagen über die Autobahn peitschte. Ich hatte uns etwas zu Essen eingepackt und Getränke in einer Kühltasche.

Die meiste Zeit während der Fahrt schwieg *Silverwolf*, sprach nur hin und wieder einige Notizen in sein Diktiergerät. Manche davon waren für sein neues Projekt – ein Historienroman über das alte Rom vor der Gründung der Republik. Die anderen Notizen hatten mit der bevorstehenden Verhandlung zu tun.

In der Hauptsache ging es darum, dass der Verlag dem Produzenten, mit dem er sich heute treffen würde, die Filmrechte an dem Roman verkauft hatte, der Produzent das Drehbuch aber lieber von einem anderen Autoren schreiben lassen wollte. Dem stand jedoch die Klausel im Weg, die *Silverwolf* extra in seinen Vertrag mit dem Verlag hatte einarbeiten lassen, dass er im Falle einer Verfilmung das Drehbuch selbst schreiben würde. Eine Klausel, an die nun auch der Produzent gebunden war. Er und *Silverwolf* mochten einander nicht, da es genau der Produzent war, der sein letztes Buch so verhunzt hatte. *Silverwolf* war hin und her gerissen, den Deal platzen zu lassen, weil er jetzt schon ahnte, dass er sich mit dem Produzenten inhaltlich und dramaturgisch nicht einigen werden würde, und die Verfilmung zu boykottieren. Doch er brauchte dringend das Geld. Nicht nur das Honorar für die Filmrechte, sondern auch das für das Verfassen des Drehbuchs.

Ein ewiges Dilemma, das selbst ich als Studentin mit Nebenjob jetzt schon oft genug erlebt hatte, wenn auch zugegebenermaßen mit Sicherheit nicht in dem gleichen Umfang. Es ging hier um Zigtausend Pfund. Vor allen Dingen ein Dilemma, bei dem ich so gar nicht helfen oder irgendetwas Sinnvolles raten konnte. Ich konnte einfach nur da sein und ihm guttun, wenn er mich brauchte oder wollte.

Darauf freute ich mich, darüber war ich glücklich. Ich lächelte.

Schon nach kaum mehr als einer Stunde flogen wir an Stoke-on-Trent vorüber. Die Klimaanlage arbeitete ruhig, und aus dem Soundsystem rieselten die Charts. *Silverwolf* spielte ganz nebenbei mit meinem unter dem Kleid nackten Schenkel. Es kribbelte, aber ich wollte ihm meine Erregung nicht aufdrängen, ließ ihn einfach spielen und reichte ihm hin und wieder etwas zu Essen oder zu Trinken. Dabei lächelte er mich immer ganz besonders warmherzig an, fast kindlich dankbar. Er, der mit seiner tiefen festen Stimme nur ein einziges Wort zu sagen brauchte, um mir zu befehlen, mich auszuziehen, ihn zu ficken oder mich bereit zu machen, von ihm gefickt zu werden. Er, der mich beherrschte wie kein Mann zuvor mich jemals beherrscht hatte, lächelte in tief empfundener Dankbarkeit bei einer so kleinen Geste wie dem Reichen eines Sandwiches.

Der Wagen lag wie ein Brett auf der Straße und jagte nur so über die Autobahnen dahin. Wir hatten aber auch Glück, dass die Straße verhältnismäßig frei war.

Um Punkt zwölf fuhren wir an Coventry vorbei. Wenn wir die Durchschnittsgeschwindigkeit halten konnten, würden wir in weniger als einer Dreiviertelstunde da sein. Und die Besprechung war erst um halb fünf.

»Wir liegen gut in der Zeit!« *Silverwolf* lächelte. »Viel besser als geplant.« Ich ahnte sofort, worauf er hinauswollte und war schon nass zwischen den Schenkeln, ehe er weitersprach. »Vielleicht sollten wir uns einen Rastplatz suchen und ein kleines Picknick machen.«

»Schon wieder Hunger?«, fragte ich neckend.

»Hunger? Auf dich immer, Prinzessin!« Er drückte mit den Fingerspitzen in die Haut meines Schenkels, und die Berührung zuckte kribbelnd hoch in den Schoß. »Boxenstopp in fünf Kilometern.«

»Noch so weit?«, fragte ich gespielt traurig, nahm seine Hand und führte sie zwischen meine Beine, schob den Slip zur Seite und ließ ihn meine Nässe fühlen.

Er grinste mich schelmisch an und spielte mit seinem jetzt feuchten Zeigefinger an mir herum. Ich biss mir in die Hand und seufzte verhalten, öffnete ihm meine Schenkel noch weiter.

»Vier Kilometer!«, sagte er und drückte zwei Fingerspitzen in mich hinein, drehte sie behutsam, aber mit Kraft hin und her, sodass es sich anfühlte, als würde er seinen Schwanz in mich schieben. Ich stöhnte auf.

Während andere Männer es für ein Vorspiel hielten, eine Frau feucht zu machen, war ein Vorspiel für *Silverwolf* erst dann ein gelungenes, wenn er mich schon zweimal zum Kommen gebracht hatte, eher er überhaupt erst damit anfing, mich zu ficken.

»Drei Kilometer!« Er drückte seine beiden Finger tiefer in

mich und seinen Daumen gegen meine glühende Klit. Ich schnappte nach Luft, rutschte ihm im Sitz entgegen, fühlte die hin und her drängende Stärke seiner Berührungen in und an mir. Wie automatisch griff ich an meine Brust, quetschte sie.

»Zwei Kilometer!« Sein Ringfinger drückte sich gegen meinen Arsch, glitt ganz, ganz langsam hinein.

»Oh, mein Gott!«, schrie ich auf ... und kam ... auf seine festen fummelnden Finger gespießt ... mit zuckendem Becken ... und er ließ nicht los.

»Ein Kilometer!« Er stieß noch einmal tief in meine Muschi und hinein in meinen Arsch, quetschte meinen jetzt überempfindlichen Kitzler. Ich wollte seine Hand von mir wegreißen, strampelte mit den Beinen im Fußraum des Wagens ... zuckte immer und immer wieder auf ...

... und kam gerade noch einmal nass über seinen wühlenden, bohrenden Fingern.

Mir drehte sich alles, und mir war schwarz vor Augen. Ich lag nach Luft ringend in meinem Sitz. Meine Wangen glühten.

»Wir sind da!« Seine lächelnde Stimme holte mich in die Welt zurück. Wir standen bereits auf dem Rastplatz und der Motor war auch schon abgeschaltet.

Die Mittagssonne brannte auf den Rastplatz hernieder und die Luft roch nach verbranntem Gras. Etwa einhundert Meter weiter gab es eine Raststätte, und davor parkten auch die meisten Autos. Hier vorn war es ziemlich leer. Links von uns rauschte der Verkehr über die Autobahn, rechts von uns erstreckte sich ein winziges Wäldchen ... eher das, was die Dichter einen Hain nennen würden – hier würde *Silverwolf* mich ficken.

Auch wenn es mich überhaupt nicht gestört hätte, mich hier vor den Augen aller von ihm auf der Motorhaube nehmen zu lassen. Aber er war nicht der Typ für Show oder Verdorbenheit. Er mochte die Dinge pur – Ficken um des Fickens willen. Ich beneidete ihn in diesem Moment ein wenig um seinen Beruf als Schriftsteller, weil er mit dem all seine Phantasien auf dem Papier ausleben konnte, um sich dann im wahren Leben auf die Essenz, den Kern der Dinge, konzentrieren zu können, auch wenn ich mir noch heute sicher bin, dass dieser Mann jede Menge seiner Phantasien auch in Wirklichkeit ausgelebt hatte. Ich glaube heute ganz sicher, dass ich vieles von dem, was ich getan habe, in der Hauptsache deshalb tat, weil mir für meine Phantasien ein solches Ventil wie das Schreiben fehlte. Obwohl ich mit *Silverwolf* glücklich war, traf ich mich zum Beispiel nur deswegen weiter mit *Souleater*, weil Ficken mit ihm das Ausleben verdorbener Phantasien war, auf die *Silverwolf* keinen Wert legte.

Ich schüttelte den Kopf, um ihn von Gedanken an *Souleater* freizumachen. Denn ich war mit *Silverwolf* unterwegs, dem Mann, der es verstand, meinen Leib, meine Seele und mein Herz zu ficken wie kein anderer. Und genau das würde er jetzt auch wieder tun.

Er führte mich an niedrigen Büschen und dünnen Bäumchen vorbei in das Gehölz hinein, bis nirgendwo mehr Abfall herumlag und man uns weder vom Parkplatz noch von der Raststätte aus sehen konnte. Er schaute sich um, war offensichtlich zufrieden mit der Wahl des Ortes. Ein sonnenbeschienenes Blätterdach streckte sich über uns, der Boden war moosig weich, die Luft frisch, und um einiges kühler, als draußen in der prallen Sonne.

Er lächelte mich an, packte mich an der Schulter und drückte mich in die Knie herunter. Meine Finger zitterten vor delikater Erregung als ich seine Hose öffnete. Als mir sein harter

Schwanz entgegensprang, legte sich sofort ein lustvoller Glanz über meinen Blick. Unwillkürlich, wie ein kleines Baby kurz vorm Gefüttertwerden, schmatzte ich mit den Lippen.

Dann nahm ich ihn tief in den Mund ...

... und ließ ihn mir ausgiebig schmecken.

Das Lutschen und Lecken, das Saugen und Knabbern erregte mich ebenso sehr, wie es ihn erregte. Meine Muschi, gerade eben noch so köstlich gefingert, begann bereits wieder zu wummern und in ungeduldiger freudiger Erwartung zu erschaudern.

Silverwolf hielt mein Haar gepackt und dirigierte den Takt, in dem ich ihn mit meinem Mund fickte. Er wollte es diesmal tief und langsam.

»Schön feucht!«, sagte er, und ich sammelte ordentlich Spucke, um sie über seinem Schwanz zu verteilen. Nun wusste ich, dass meine Muschi nicht sein Hauptziel sein würde, und die verdorbene und doch so klare Lüsternheit dieses Mannes ließ mich erbeben vor Geilheit.

Dann, als sein Schwanz völlig hart und prall war, zog er mich an den Haaren nach oben, drehte mich herum und drückte mich mit dem Bauch gegen einen dicken Baum. Die trockene Rinde stach mir hart gegen das zarte Fleisch meiner Brüste, und sofort wurden meine Nippel steif. Ich stöhnte schon auf, als er den Saum meines Kleides nach oben schob und mir zwischen die Arschbacken griff, um den Slip zur Seite zu ziehen und dabei ganz absichtlich meine glühende Muschi mit den Fingern streifte. Ich hörte ihn spucken und fühlte wie der dicke Tropfen in meine Spalte fiel. Dann spürte ich, wie er seinen Schwanz erst gegen mich und dann ganz langsam und hart in mich hineindrückte.

Meine Arme flogen um den Baum herum. Ich musste mich

festhalten, so weich und zittrig waren meine Knie in dieser Sekunde geworden. Die Wucht seines ersten Stoßes hob mich ein wenig von den Füßen, die jetzt nur noch mit den Zehenspitzen den Waldboden berührten.

Silverwolf packte meine Taille und fickte mich in den Arsch. Mit jedem harten Stoß rieben meine zum Platzen angespannten Brüste kratzig über das raue Holz. Ich keuchte ... er stöhnte.

»Wichs deine Muschi!«, befahl er mit seiner festen tiefen Stimme ...

... und ich griff mit einer Hand zwischen meine Beine ...

... krallte meine Fingernägel gierig und unzärtlich in mein eigenes saftiges Fleisch, so wie er es tun würde ...

... während sein Schwanz hart fickend in meinem Arsch tanzte ... mir den Atem raubte ... die Sinne schwinden ließ ... mich zum Stöhnen brachte ... und als ich meinen Kitzler fand und ihn in meiner Gier direkt hart und wild zu fingern begann ... mit einer unglaublichen Gewalt und noch viel unglaublicherer Geschwindigkeit ansatzlos zum Kommen brachte!

Ich verkrampfte mich, schnappte nach Luft, wimmerte unter dem heftigen Schauer meines Höhepunkts, grub meine Fingernägel in die Rinde und in meine Pussy ... erstarrte.

»Weiter!«, knurrte er und hörte nicht damit auf zuzustoßen. Mein Kitzler war jetzt wirklich viel zu empfindlich. Ich schob zwei Finger in mich, streichelte mich von innen, fühlte durch mein eigenes Fleisch hindurch seinen Schwanz in meinem Arsch. Mir wurde rot vor Augen.

Und wenn die Welt untergehen würde, ich würde nicht mehr kommen können, wollte nur noch, dass er kam ... dass er seine Erfüllung fand.

Dann aber griff er nach vorn, packte direkt mit Mittel- und Zeigefinger meinen Kitzler. Ich schrie auf.

»Nein!«, bat ich.

Doch er ignorierte es, drückte zu, rieb hart und unnachgiebig. Ich zuckte … zuckte … zuckte ... wie ein Fisch an der Angel ... schnappte nach Luft ... japste ... fühlte den Drang, um mich zu schlagen, mich befreien zu wollen ... doch er rieb und stieß zu ... härter – schneller – heftiger!

Mein lustverzerrtes Gesicht war fest gegen die Rinde gepresst, so wie meine Brüste ... mein Rücken war, allein durch die Kraft seines Arms, nach hinten durchgedrückt ... und er trieb seinen Schwanz in mich hinein wie einen Schmiedehammer.

Tränen liefen mir über das Gesicht, aber es waren Tränen der Geilheit. Ich biss mir auf die Zunge, um nicht den ganzen Rastplatz zusammenzuschreien ... verdrehte die Augen ... ließ geschehen ... genoss ... jeden Stoß ... jedes drängende Reiben seiner harten Finger an meiner Klit ... und kam, als er seinen heißen Saft in meinen Arsch hineinschleuderte und aufbrüllte.

»Jaaaaaa!«, röhrte er, und ...

»Jajaja!«, japste auch ich, am ganzen Leib zitternd wie ein Fähnchen im Sturm. »Ja!«

***

Wir erreichten London um halb drei und fuhren erst einmal direkt zu unserem Hotel. *Silverwolf* legte sich angezogen aufs Bett, um noch ein wenig vor dem Termin zu schlafen, während ich leise unsere Sachen auspackte und beim Etagenservice anrief, dass er uns bitte um Punkt sechzehn Uhr Kaffee und heiße Milch aufs Zimmer bringen sollte.

Dann setzte ich mich in den dicken Sessel, der in einer Ecke des Zimmers stand, zündete mir eine Lucky an und betrachtete meinen schlafenden Geliebten. Sein Gesicht war jetzt völlig entspannt und er schnarchte. Er sah so mild und so sanft aus in seinem Schlaf, fast kindlich weich ... so ganz anders als das dauergeile, wilde Tier, als das ich ihn kannte.

Ich lächelte und streichelte versonnen meine von der Baumrinde leicht in Mitleidenschaft gezogenen Brüste, ohne dabei meinen Blick von seinem markanten Gesicht zu lösen.

Nach einer kleinen Weile drückte ich die Zigarette wieder aus und meine zweite Hand fand zwischen meine Beine, hinein in meinen Slip. Ich war trocken wie die Wüste. Aber das hielt mich nicht ab. Ich steckte meinen Mittelfinger in den Mund, um ihn schön nass zu machen ...

... und streichelte mich dann ganz sanft und zärtlich in einen wundervoll fließenden Orgasmus hinein. Dann fiel auch ich, noch immer in dem großen weichen Sessel, in einen leichten traumlosen Schlaf ...

... aus dem mich der Etagenkellner mit unserer Bestellung weckte.

Ich füllte uns zwei Tassen mit heißer Milch und Zucker und goss reichlich Kaffee hinein. Dann setzte ich mich neben *Silverwolf* auf das Bett und streichelte ihn an der Wange zärtlich wach.

»Hallo Prinzessin!«, strahlte er, als er mich sah und nahm die Kaffeetasse entgegen.

Kurz darauf hatte er geduscht – so eine Glatze ist schon was Feines, wenn man es eilig hat –, war in Anzug, Hemd und Krawatte geschlüpft und machte sich auf den Weg zu seinem Termin.

»Ich wünsche dir Glück!«, sagte ich lächelnd.

»Das hab ich doch schon!«, gab er lächelnd zurück und küsste mich behutsam auf den Mund. Dann ging er.

Ich legte mich noch einmal zum Schlafen hin, versuchte dabei die Gedanken zu vertreiben, dass ich diesen wundervollen Mann mit *Souleater* betrog. Bei Flo hatte ich so gut wie nie ein wirklich schlechtes Gewissen gehabt, bei *Silverwolf* schon. Wenn es mir nur gelingen würde, ihn zu spaßigen Experimenten zu bewegen, Rollen- und Fesselspielen, dann könnte ich die Sache mit *Souleater* ruhigen Gewissens beenden. Dann hätte ich bei *Silverwolf* wirklich alles, was ich mir wünschte.

Vielleicht war das eine Idee: Ich könnte ja versuchen, *Silverwolf* zu solchen Spielchen zu verführen. Wenn mir das gelang, wäre ich völlig frei für ihn.

Bei diesem Gedanken schlief ich lächelnd ein.

***

Als *Silverwolf* vier Stunden später von seinem Termin zurückkam, war ich nicht mehr im Zimmer. Ich hatte ihm einen Zettel aufs Bett gelegt, mit der Nachricht: »Für einen ganz speziellen Zimmer-Service wählen Sie bitte …« – und dann folgte meine Handynummer.

Er rief mich an und lachte.

»Wo bist du?«, wollte er wissen.

»Ich komme sofort!«, versprach ich und ging nach oben. In den Händen hielt ich ein Tablett mit einer eisgekühlten Flasche Champagner und einer Platte Schinken mit Melonen und Pasteten mit Sauce Cumberland, die ich beim echten Etagen-Service organisiert hatte. Dazu einen kleinen Teller mit Käse und Baguette. Unter einer Glocke aus Metall, die eigentlich zum Warmhalten von Speisen gedacht war, lag eine zusätzliche Überraschung für *Silverwolf*.

Statt meiner eigenen Klamotten trug ich die Uniform eines Zimmermädchens; weißgrau gestreiftes, bis knapp über die Knie reichendes Stoffkleidchen, weiße Schürze und weißes Häubchen im Haar. Ich hatte sie mir bei einem der echten Zimmermädchen gegen ein entsprechendes Trinkgeld ausgeliehen. Darunter trug ich schwarze Dessous und Strapse.

Ich erreichte unsere Tür und klopfte. Er öffnete. Ich lächelte freundlich und machte einen höflichen Knicks.

»Ihre Bestellung der Herr!«, sagte ich. Ich hatte dafür gesorgt, dass die oberen beiden Knöpfe meiner Uniform offenstanden und er beim Blick auf das Tablett genau in meinen Ausschnitt starren konnte, was er natürlich auch tat. *Silverwolf* war eben durch und durch Mann.

So stand ich vor ihm, mit meinem verführerischsten Augenaufschlag. Willig, heiß ... zu allem bereit.

Und er lachte!

Er lachte mich nicht an, wie er es sonst so gern tat, er lachte mich aus! Nicht böswillig oder spöttisch, das wusste ich. Aber ich konnte ihm deutlich ansehen, dass er meine Verkleidung völlig albern fand.

Ich schob schmollend die Unterlippe vor. Schmollend, weil ich mir doch extra so viel Mühe gegeben hatte für ihn, im Hinterkopf wohl wissend, dass ich sie mir eigentlich mehr für mich gemacht hatte.

»Komm, Kleines, zieh den Fummel aus!«, sagte er um Verständnis bittend lächelnd. »Ich hab dir doch schon einmal gesagt, dass ich nicht auf diese Rollenspielchen stehe. Ich begehre dich so wie du bist. Weil du wunderschön bist und sexy, weil du mich allein durch deine Nähe heiß machst. Du – nicht irgendein Zimmermädchen.«

Das ließ mich dann wieder lächeln.

Ich stellte das Tablett aufs Bett und zog mich aus. Häubchen, Schürze, Kleidchen ... alles weg, die ganze Arbeit umsonst. Aber als ich eines meiner Kleider anziehen wollte, sagte er »Stopp!«

Ich schaute ihn fragend an.

»Ich hab gesagt, du sollst dich ausziehen.« Er grinste. »Kein Mensch hat etwas davon gesagt, dass du dich wieder anziehen sollst. Komm, setz dich zu mir aufs Bett.«

Ich setzte mich in meinen Dessous und den Strapsen zu ihm und genoss es sehr, mit welchen Blicken er mich betrachtete. Es waren angetane, leise lächelnde Blicke, aber auch hungrige, lüsterne. Doch ich tat so, als ließe mich das völlig kalt, nahm etwas von dem Baguette, belegte es mit Schinken und reichte es ihm auf einem kleinen Teller mit Serviette.

»Wie war dein Termin?«, wollte ich wissen.

Er zuckte die Achseln. »Wir verhandeln morgen Vormittag weiter. Dann kann ich mehr erzählen.«

Er griff nach der Metallglocke, um zu sehen, was darunter war. Aber ich legte meine Hand auf seine, hielt ihn ab.

»Das ist das Dessert!«, sagte ich.

»Ich dachte, du bist das Dessert«, schmunzelte er.

»Das eine schließt das andere niemals aus«, philosophierte ich lächelnd.

Wir vertilgten den ganzen Schinken, die Pasteten und den Großteil vom Käse.

»Jetzt?«, fragt er noch kauend und griff nach der Glocke.

»Warte!«, sagte ich, kletterte ganz aufs Bett hinauf und legte mich nach oben in die Kissen. Es war ein schönes altes Gitterbett, wie geschaffen für meine Idee. Ich reckte meine Arme nach oben und hielt mich mit den Händen an einem der Gitterstäbe fest.

»Jetzt!«, sagte ich, und er hob die Metallglocke hoch. Darunter lag auf einer Platte ein etwa anderthalb Meter langer Strick.

Silverwolf schaute mich an. Ernst.

Dann stand er auf, stellte das Tablett auf den Tisch hinüber und zog sich aus. Ganz ruhig. Ohne ein Wort zu sagen. Ohne den Blick von mir zu wenden. Seine Augen streichelten mich, griffen nach mir. Es begann überall zu kribbeln. Ich merkte, wie meine Mundwinkel lüstern nach unten sanken, mein Blick verlangender wurde. Unbewusst räkelte ich mich für ihn.

Dann endlich stand er nackt vor mir, kam zu mir herüber – ohne den Strick – und stellte sich neben das Bett.

»Fass meinen Schwanz an!«, befahl er, und seine tiefe Stimme kroch mir wieder bis unter die Haut.

Ich griff nach ihm.

»Die andere Hand an deine Muschi«, kommandierte er. »Jetzt!«

Ich tat, was er sagte, spreizte meine Schenkel.

»Drei Finger – direkt und hart – bis zum Anschlag!«, forderte er. Meine Muschi war gerade erwacht, aber noch nicht bereit für drei Finger. Doch ich tat, was er verlangte.

»Ganz tief!«

Ich stöhnte auf, und gleichzeitig wuchs sein Schwanz in meiner Linken.

»Du brauchst keine Fesseln, um mir ausgeliefert zu sein!«, sagte er, stieg zu mir auf das Bett und kniete sich zwischen meine Beine.

»Steck ihn dir rein!«

Ich zitterte am ganzen Leib vor Erregung, packte seinen Schwanz und zog ihn in mich hinein. Er nahm meine Hände in seine Rechte und drückte sie nach oben, hielt sie stärker, als es jede Fessel aus Stricken vermocht hätte ... stieß seinen Schwanz noch tiefer und fester in mich hinein.

Ich stöhnte, schloss die Augen und warf den Kopf in den Nacken.

»Schau mich an!«, grollte er befehlend ... und ich öffnete die Augen wieder ... schaute ihn durch den Schleier der Lust hindurch an, sah sein ernstes Gesicht.

»Küss mich!«, sagte er, und mein Kopf schnellte nach oben

zu seinem Gesicht. Meine Lippen pressten sich weit geöffnet auf seinen Mund, meine Zunge drückte sich in ihn ...

... und er begann mich zu ficken.

Tief ... hart ... fest ... stark ... mächtig ... unaufhaltsam.

Stieß sein Becken zwischen meine Schenkel ... drang immer und immer wieder in mich ein ... sein Schwanz dehnte mich ... rieb von oben kommend an meiner feuchten Klit ... jagte Blitz um Blitz tief in meine Muschi hinein. Mit seinem Blick hielt er den meinen gebannt, und er lutschte an meiner Zunge wie ich sonst an seinem Schwanz.

Mein Arsch begann zu zucken, mein Bauch spannte sich an, mein Nacken verkrampfte sich. Gleich würde ich kommen. Ich stöhnte wild und in hohen Tönen in seinen offenen Mund hinein. Meine Augen wurden weit und weiter. Sein männlicher Duft in meiner Nase und sein bohrender Schwanz in meiner Muschi besorgten den Rest.

Ich kam ... strampelte ... hilflos ... wehrlos ... machtlos ... willenlos ... bäumte mich bebend und schreiend auf, sein Gewicht drückte mich wieder nach unten. Er fickte mit der gleichen Heftigkeit, der gleichen harten Wucht weiter. Ließ meine Zunge für einen Moment frei.

»Du – machst – mich – geil, Prin-zes-sin«, keuchte er im Takt seiner festen Stöße. »Alles – was – du – bist – und – was – du – aus-strahlst. Dei-ne – Lust – ist – es, die – mei-nen – Hunger ent-facht. Der – Glanz – dei-ner – Au-gen, dein – Duft, die – Art, wie – du – dich – be-wegst, mich – ver-wöhnst, dich – mir – schenkst! Ich – brau-che – we-der – Rol-len– noch – ir-gend-wel-che – Fes-sel-spie-le!!!«

Ich kam und kam und kam, während er das alles in mich hineinfickte ... aber ich überhörte nicht ein einziges Wort davon. Denn es machte mich glücklich. Unglaublich glücklich.

Glücklich darüber, dass mich dieser Mann so nahm und so begehrte wie ich war, mich nicht anders haben wollte, dass er keine Spiele spielen musste, um sich an mir zu erfreuen – um mich zu berauschen. Und gleichzeitig, verdrehterweise aus genau dem gleichen Grund, der mich gerade so glücklich machte, nämlich dem, dass *Silverwolf* keine Spiele mit mir spielen wollte, beschloss ich, dass ich *Souleater* wiedersehen würde.

12. SoulEater

Nach unserem geilen Dreier mit *Aphrodite* hatte ich *Souleater* vorgeschlagen, dass wir das Gleiche doch auch einmal mit einem zusätzlichen Mann statt einer Frau versuchen sollten. *Souleater*, ein anderer Mann ... und ich mitten drin! Klar, dass ich auf so etwas inzwischen heiß war. Unter der Bedingung, dass er den Mann aussuchen würde, hatte *Souleater* zugestimmt.

Das Treffen fand zu meiner Verwunderung in einem Fünf-Sterne-Hotel in einem kleinen, sehr nett hergerichteten Besprechungsraum statt. Es war ein intimes Geschäftsessen zwischen *Souleater* und einem seiner Investoren, zu dem er mich kurzfristig eingeladen hatte, mit der Bemerkung »Zieh dir was Nettes an! Außen fein, drunter versaut!«

Als ich im kurzen schwarzen Kleid und hochgesteckten Haaren den Besprechungsraum betrat – in der Mitte stand ein großer runder Tisch, edel zum Essen gedeckt für drei Personen –, waren die beiden Männer schon da. Im Gegensatz zu *Souleater* erhob sich sein Tischnachbar, sobald ich hereinkam, höflich und verneigte sich zur Begrüßung.

»Guten Tag, Miss Taylor«, sagte er. Offenbar war das der Name, unter dem *Souleater* mich avisiert hatte. »Schön, dass Sie kommen konnten.«

»Ich freue mich ebenfalls sehr«, antwortete ich ebenso höflich und absolut ehrlich … weil es das erste Mal in meinem Leben sein sollte, dass ich von zwei Männern gefickt wurde. Aber ich war mir gar nicht sicher, ob mein Gegenüber darüber informiert war, warum ich heute hier war. Er sah so ganz anders aus, als ich mir einen Mann vorgestellt hätte, den *Souleater* für einen solchen Dreier aussuchen würde.

Mr Business, wollen wir ihn der Einfach- und der Verschwiegenheit halber hier so nennen, war etwa Mitte Vierzig, hochgewachsen schlaksig und sah mit seiner modernen und bestimmt sehr teuren, aber nichtsdestotrotz recht dicken Brille und dem peinlich gezogenen Seitenscheitel überhaupt ganz genau so aus, wie man sich eine Mischung aus Buchhalter und Banker so im Allgemeinen vorstellt. Graumäusig eben.

Aber er besaß zweifelsohne Stil.

Er bat mich, Platz zu nehmen und entschuldigte sich im Voraus dafür, dass das Geschäftliche leider noch nicht zu Ende besprochen sei und wir deswegen mit dem Essen noch ein wenig warten würden. Mir war das nur recht. Ich setzte mich in den bequem gepolsterten Lehnstuhl und folgte schweigend der Unterhaltung der beiden Männer.

Jetzt endlich erfuhr ich, wenn auch nur in groben Zügen, womit *Souleater* seine Brötchen verdiente. Er war der Inhaber und Geschäftsführer einer Telefon-Dating-Line, genauer gesagt einer Sex-Hotline … und zwar gehörte ihm lustigerweise, die Welt ist manchmal wirklich ein Dorf, genau die Hotline, bei der ich vor einigen Monaten, die mir inzwischen wie Ewigkeiten vorkamen, von einem Ferienhäuschen auf der Isle of Man aus meinen ersten Telefon-Sex hatte. Mit Arnie. Dem Mann, der mir die Web-Adresse des Chats gegeben hatte, in dem ich all die Männer getroffen hatte, die mich fliegen gelehrt hatten. So, wie ich heute wieder fliegen würde.

Mr Business vertrat die Geldgeber, die *Souleater* beim Aufbau der Hotline unterstützt hatten, die ihn binnen eines einzigen Jahres zu einem recht wohlhabenden Mann gemacht hatte, sodass der Grund des heutigen Treffens der war, dass er den Finanziers deren Anteile an seiner Firma abkaufen wollte, damit er unabhängiger schalten und walten konnte.

Doch Mr Business hatte andere Vorstellungen. Statt die Anteile seiner Auftraggeber an *Souleater* zu verkaufen, bot er ihm noch mehr Kapital, um eine zweite Hotline aufzubauen.

Die Verhandlungen waren lange und zäh, sodass man sich entschied, das Essen doch schon zwischendurch einzunehmen. Die Kellner brachten uns im Laufe einer Stunde ein hervorragendes Vier-Gänge-Menü, das mich sehr viel mehr interessierte, als das Gespräch, dem ich ohnehin nicht wirklich folgen konnte.

Auf jeden Fall einigten *Souleater* und Mr Business sich am Ende, sehr zur Zufriedenheit beider, dass *Souleater* die Anteile an seiner Firma kostenlos überschrieben bekäme, wenn er dafür für die Investoren eine zweite Hotline aufbauen würde, in der die Anteilsverhältnisse dann genau so geregelt wären wie ursprünglich in der ersten. So war *Souleater* in der alten Firma unabhängig und konnte gleichzeitig eine zweite aufbauen, wenn auch ausschließlich mit seinem eigenen Geld, aber das wäre er beim Anteilskauf seiner alten Firma ja ohnehin losgewesen.

Wie gesagt, ich verstand nur die Hälfte. Aber was ich verstand, war *Souleaters* Gesichtsausdruck, als er mich anschaute und grinste.

»Dann kommen wir also jetzt zum Dessert«, sagte er, und ein leicht schüchternes Lächeln stahl sich in das Gesicht von Mr Business, als er mich nun ebenfalls ansah.

»Es ist mir immer wieder eine Freude, mit Ihnen Geschäfte

zu machen«, sagte er, *Souleater* zunickend. »Die Desserts fallen dabei immer so köstlich aus.«

Ah, ganz offensichtlich war ich nicht das erste Dessert, das die beiden sich teilten.

Wortlos hob *Souleater* den Saum der tiefhängenden weißen Tischdecke an meinem Platz. Ich verstand ...

... und kletterte unter den Tisch ...

... wo *Souleater* auf den Schoß von Mr Business zeigte.

Auf allen vieren kletterte ich hinüber und streichelte seine Schenkel.

»Wie wäre es noch mit einem Cognac?«, hörte ich *Souleater* fragen.

»Oh ja!«, sagte Mr Business, ohne dass man ihm angemerkt hätte, dass ich gerade seinen Reißverschluss aufmachte, um seinen Schwanz herauszuholen. »Ein Cognac wäre jetzt fein.«

Souleater rief mit dem Beitischtelefon einen Kellner und bestellte. Als der Kellner kurz darauf mit dem Cognac den Raum betrat, hatte ich den Schwanz von Mr Business bereits tief im Mund. Es war ein mittelgroßer Schwanz, beschnitten, leider unrasiert, aber sehr sauber. Der Kellner konnte mich unter der langen Tischdecke nicht entdecken, musste annehmen, dass ich wohl gerade Händewaschen gegangen war.

»Auf ihr Wohl!«, prostete *Souleater*.

»Auf das Ihre!«, erwiderte Mr Business. »Und auf weiterhin fruchtbare Geschäfte.«

Sein Schwanz wuchs unter meiner kreisenden Zunge und war schon bald schön hart. Die Eichel war dunkelrot und prall. Ich machte sie mit meiner Spucke nass. Die Geschäftsbesprechung hatte mich ein bisschen abgetörnt, aber der Blowjob machte mich wieder geil. Hitze stieg mir in Gesicht und Brüste und floss von dort aus in meine Muschi hinein.

Mr Business' Hände griffen nach unten, fassten mich sachte an den Schultern und zogen mich nach oben. Er hatte die Brille abgelegt und lächelte. Er drehte mich herum und öffnete mein Kleid. Es fiel achtlos zu Boden, und ich stand in Spitze und Strapsen vor den beiden Männern. Ich fühlte mich ein wenig wie auf einer Bühne. Es gefiel mir, im Mittelpunkt zu stehen und Zentrum für die Erregung gleich zweier Männer zu sein.

Eine freundliche Geste von Mr Business deutete mir an, mich auf den Tisch zu legen. Diese Höflichkeit in Verbindung mit Sex irritierte mich ein wenig, erinnerte mich an *der_Kavalier* und die Opernloge. Und genau wie er in der Opernloge, so spreizte Mr Business nun ganz behutsam meine Schenkel, um mich zu lecken.

Als er sein schmales Gesicht auf mich herabsenkte, trat *Souleater* neben mich und holte meine Brüste aus dem BH hervor, knetete sie mit festen Fingern, aber zunächst nur ganz leicht, fast zärtlich. Meine Irritation von eben war verschwunden. *Souleaters* Gegenwart ließ die Befürchtung, das hier könnte vielleicht zu harmlos, zu brav, zu soft ablaufen, zu Nichts verpuffen. Sofort sprossen meine Nippel zu kleinen harten Perlen, und ich griff zur Seite, um nun auch *Souleaters* Schwanz herauszuholen, während Mr Business mit seiner Zunge geschickt mehr und mehr Prickeln in meine Muschi zauberte.

Ich legte den Kopf weit zurück und seufzte versonnen. Eine Zunge an meiner Muschi, Hände an meinen Titten, und ein wachsender Schwanz in meiner Hand ... zusammen mit der Vorfreude auf das Kommende war das ganz einfach das Paradies. Ich ließ mich nur zu gern verwöhnen ... zu gern von diesen Männern als Dessert gebrauchen.

Mr Business leckte wie ein Kenner ... ein Genießer ... treffsicher und sinnlich – viel sinnlicher, als ich es ihm von der äußeren Erscheinung her jemals zugetraut hätte. *Souleater* beugte sich herab, öffnete seine Lippen und fing an, an meinen Brüsten zu lutschen und an ihnen knabbernd zu beißen.

Inzwischen richtete sich Mr Business auf, trat näher zwischen meine Beine, die ich nun auf zwei Stühle stellte, und schob seinen Schwanz in mich hinein. Er packte mich am Becken und stieß zu. Es waren gezielte Stöße, ja akkurate Stöße, nicht sehr hart, aber auch nicht zu zögerlich, schön von leicht schräg oben, wo ich besonders empfindlich war.

Wie so oft zuvor begann mein Becken seinen ganz eigenen aufgegeilten Tanz und zuckte Mr Business und seinem gleichmäßig stoßenden Schwanz im Rhythmus seiner Stöße entgegen. Im gleichen Takt wichste ich *Souleater*, der jetzt schon fester in das Fleisch meiner Brüste hineinbiss.

Die Attacken der beiden Männer ließen mich wohlig und von ganz tief innen heraus stöhnen. Ich wand mich auf dem Tisch wie ein Kätzchen beim Gestreicheltwerden.

Dann drehte Mr Business mich herum. Ich kniete mich auf den Tisch ...

... und er nahm mich von hinten. *Souleater* kletterte vor mich auf den Tisch und kniete sich hin, sodass sein Schwanz jetzt vor meinem Mund schwebte, der sich wie automatisch öffnete, um ihn zu empfangen.

Ich war jetzt zwischen den beiden Männern aufgespießt wie ein Spanferkel. Ein Schwanz in meiner Muschi, der andere tief in meinem Mund.

Souleater fasste mich am Kopf, Mr Business an der Taille ... und im gleichen Takt fickten sie in mich hinein. Ja, diese Männer hatten sich mit Sicherheit schon mehr als nur ein Dessert geteilt.

Und sie machten es richtig gut!

Mir schwanden fast die Sinne. Ich leckte und lutschte gierig und immer wilder an *Souleater*. Er war steinhart zwischen meinen Zähnen und Lippen. Genau so hart war Mr Business, der mich von hinten nahm.

Gleichmäßig ...

... tief ...

... fest!

Oh, lasst das niemals aufhören!, dachte ich, während ich die Augen verdrehte und versuchte, meinen Mund noch weiter aufzumachen, damit *Souleater* mich noch tiefer in die Kehle ficken konnte. Die Spucke lief mir aus dem Mund, und ich würde nachher mit Sicherheit ein neues Make-up brauchen, ehe ich mich aus dem Raum hinaus ins Hotel wagen konnte. Aber das war nachher. Die beiden Schwänze in mir, das war jetzt!

Stoß um Stoß ... Griff um Griff zauberten die beiden mich in den Himmel.

Irgendwann saß ich auf Mr Business, der jetzt auf dem Tisch lag ... weiß der Teufel wie ich da hingekommen war ... und ritt seinen Schwanz mit gleichmäßig wippendem Becken ... schön auf und ab ... hoch und runter ... unten jedes Mal einen kleinen, mich an ihn pressenden Kreis mit meiner Muschi beschreibend, was nun auch endlich ihm ein Stöhnen entlockte. Er hatte seine schmalen, aber gar nicht so kraftlosen Finger in meine Titten gekrallt und stieß mir von unten entgegen.

Jetzt merkte ich mehr, als ich es sah, dass *Souleater* hinter mir auf den Tisch geklettert war und sich von hinten über mich beugte.

Und ehe ich mich versah, hatte er mir seinen Schwanz in den Arsch gesteckt.

Ich lag nun auf Mr Business, der von unten in meine Muschi fickte, und auf mir hockte *Souleater*, der seinen Harten in mein zweites Loch presste. Auch jetzt fanden die beiden Männer auf Anhieb einen Gleichtakt, mit dem sie ihre beiden Schwänze, diesmal aber abwechselnd, in mich trieben.

Ich fühlte mich, als ob es mich sprengen, mich von innen heraus zerreißen würde. Noch nie vorher war ich so ausgefüllt gewesen. Mein Arsch und meine Muschi glühten und prickelten um die Wette. Mir schoss das Blut in den Kopf, sodass es mir schien, er wolle platzen. Sogar das Stöhnen blieb mir im weit aufgesperrten Rachen stecken, während die beiden es mir hart und tief besorgten.

Das Haar, vorhin noch so ordentlich fein hochgesteckt, hing mir in Strähnen ins Gesicht. Ich schwitzte am ganzen Leib.

Und die beiden fickten in mir um die Wette!

Das Wort vernaschen bekam eine völlig neue Bedeutung. Ich presste mich beiden so fest es nur ging entgegen, wollte jeden Millimeter ihrer herrlichen Schwänze in mir spüren. Wie sie flutschten und rieben, drängten und glitten, stießen und drückten.

»Ja!«, rief ich, als ich merkte, dass es mir gleich gewaltig kommen würde, und das spornte die beiden noch zusätzlich an. Wie auf ein Zeichen änderten sie den Takt und stießen plötzlich ...

... gleichzeitig ...

... in meine Muschi ...

... und in meinen Arsch!

Da war alles vorbei!

Ich schrie, krallte mich in die Tischdecke, ächzte, warf den Kopf wie eine Besessene hin und her ... explodierte ...

... explodierte ... EXPLODIIIIIIEEEEEEEERRTEEEEE!

***

Gleich darauf, ich muss einen kleinen Blackout gehabt haben, fand ich mich auf dem Boden kniend, zwei Schwänze gleichzeitig im Mund, und saugte und lutschte, als ginge es um mein Leben.

Ich hatte beide vor mir stehenden Männer im wahrsten Sinne des Wortes an den Eiern gepackt und blies sie beide auf einmal.

Das Fleisch zweier harter Schwänze zwischen meinen Lippen, zwischen meinen Zähnen ... meine Zunge zwischen den beiden hin und her tanzend, beide leckend … an beiden saugend ... meine Muschi und mein Arsch noch brennend von eben, aber schon wieder so verdammt hungrig ... unersättlich.

Da zuckte *Souleaters* Schwanz auf! Ich wusste nur zu gut, was das bedeutete und widmete mich für einige Sekunden ganz allein ihm. Ich nahm ihn in die Faust und wichste ihn, die Eichel gegen meine offenen Lippen gepresst und mit meiner Zunge an ihm spielend.

Souleater stöhnte auf ...

... und spritzte mir ins Gesicht und in den Mund ... ich schluckte. Aber das machte mich nur noch geiler und den Hunger meiner Muschi noch größer. Ich wollte mehr als nur Sperma in meinem Gesicht.

Ich packte Mr Business bei seinem harten Schwanz, stand auf und legte mich für ihn auf den Tisch, die Beine weit gespreizt und ihn zu mir ziehend.

»Hey, bleib unten!«, hatte *Souleater* gerufen, aber ich hatte ihn nicht gehört.

Jetzt, da Mr Business seinen Schwanz gerade in mich steckte, trat *Souleater* mit wütendem Gesicht neben mich hin.

»Mach, dass du wieder runter auf die Knie kommst!«, befahl er. Aber ich ignorierte ihn in meiner Geilheit, schlang meine Beine um Mr Business, der, *Souleater* ebenfalls ignorierend, gleich wieder anfing, fest in mich hineinzuficken.

Ich hatte keine Ahnung, was *Souleater* von mir wollte, und im Moment war mir das grad mal egal. Ich wollte gefickt werden, und Mr Business erfüllte meinen Wunsch.

Keiner von uns bekam mit, dass *Souleater* sich wütend anzog und den Raum verließ.

Keine Minute später kam ich unter den festen Stößen von Mr Business ein zweites Mal fast so gewaltig wie vorhin, und er spritzte gleichzeitig in mir ab.

Schwer und befriedigt keuchend brach ich auf dem Tisch zusammen und klammerte mich an einen Mann, den ich überhaupt nicht kannte, um zu genießen, wie das Pochen seines Schwanzes in meiner Muschi ganz langsam leise und leiser wurde.

***

»Was war den vorhin los?«, fragte ich Mr Business einige Minuten später, während wir uns anzogen.

»Er mag es nicht, wenn Frauen die Initiative ergreifen.« Er zuckte mit den Achseln. Und da fiel mir wieder ein, was *Souleater* mir bei unserem aller ersten Treffen gesagt hatte:

»Regel Nummer eins: Rede niemals, ohne gefragt worden zu sein! Regel Nummer zwei: Tu, was immer ich dir befehle! Regel Nummer drei: Du tust nichts, aber auch gar nichts, aus eigener Initiative!« Das waren seine Worte gewesen.

»Aber was habe ich denn getan?« Ich war mir keiner Schuld bewusst.

»Sie sind aufgestanden und haben mich zum Tisch gezogen, ohne dass er Ihnen dazu einen ausdrücklichen Befehl gegeben hatte«, klärte er mich auf. »Dominante Männer sind da sehr eitel. Na ja, nicht die wirklich dominanten, die lassen sich von so etwas nicht verunsichern. Aber die, die Dominanz nur spielen, verlieren ganz schnell die Fassung, wenn etwas nicht nach ihren Wünschen verläuft oder anders als von ihnen geplant. Außerdem haben Sie mir in seinen Augen dann am Ende wohl zu viel Aufmerksamkeit geschenkt.« Er lächelte. »Mir hat es trotzdem gefallen.« Er küsste mich auf die Wange und ging.

Aber ich hatte ein Scheiß-Gefühl im Bauch.

***

Als ich Zuhause ankam, hatte ich eine entsprechende Nachricht von *Souleater* im Mail-Postfach:

Du hast die Regeln gebrochen. LEB WOHL!

Bei dem Gefühl, *Souleater* vielleicht nie wieder zu sehen und von ihm gefickt zu werden, verkrampfte sich mir der Magen.

13. SilverWolf

INTERNET-MESSAGE VON *SILVERWOLF*:
guten morgen, süße prinzessin – meine kleine sonne!
der gedanke daran ...
dein süßes gesicht wieder in meine hände zu nehmen
dein haar zu streicheln und das leuchten deiner augen zu sehn
meinen mund auf deine hungrigen lippen zu legen
deinen duft zu atmen und deinen atem zu trinken
... lässt mich lächeln
die erinnerung an ...
das nervösgierige zittern deines leibs bei jeder einzelnen meiner berührungen
den glanz deines blicks, wenn du meine drängende kraft spürst und meine gier
deine wilden küsse, die die schüchternheit deiner augen lügen strafen
den moment, in dem du dich zurücklegst auf das kühle holz meines tischs und deine schenkel teilst
... brennt süß in meinem schoß
die sehnsucht danach bald wieder ...
dich zu küssen, bis deine welt sich dreht
deinen heißen willigen körper in meinen starken armen zu halten
meinen händen freiheit zu gewähren auf deiner glühenden haut

meine zähne zu senken in das zarte fleisch deines nackens
mit einer einzigen berührung die spitzen deiner köstlichen brüste zu härten
deinen leib zu erforschen, zu erkunden, zu begreifen und zu benutzen
den saft zu schmecken, der deinem kribbelnden schoß entspringt
in dich zu dringen und dabei zu sehn, wie sich hungrig deine augen weiten und dein herz zu rasen beginnt
dich zu packen, zu lecken, zu schmecken, zu ficken
dich zu nehmen und zugleich dir zu geben, wonach deine gier dich heimlich hungern lässt
... peitscht das blut mir wild durch die adern
opfere deinen leib ganz bald wieder meiner gier
... und schenke meinem unstillbaren hunger deine nie enden wollende lust, kleine süße geile prinzessin!

14. Aphrodite & Luv_me

Ich saß an einem Mittwochvormittag im Büro und sortierte gerade meine Ablage, als *Aphrodite* anrief. Sie hatte sich mit einer Freundin verabredet, in die Therme zu gehen und fragte mich, ob ich nicht Lust hätte, mitzukommen. Ich überlegte. Normalerweise wollte ich, wie jeden Mittwoch, noch zwei Stunden arbeiten und dann zur Universität. Aber die Vorlesungen am Nachmittag waren nicht so brennend wichtig, und hier im Büro war ich mit der Arbeit ziemlich weit. Außerdem hatte ich Lust, *Aphrodite* endlich wiederzusehen. Ich sagte zu.

Aphrodite hatte damit gerechnet und extra für mich einen Badeanzug und ein Saunatuch mit eingepackt, damit ich nicht erst noch nach Hause musste. Und, ich hätte es mir denken können, sie stand mit ihrem Auto schon unten vor der Tür des Büros.

Ich lachte, legte auf, schaltete den Computer aus, ließ die Ablage Ablage sein und fuhr mit dem Lift nach unten. *Aphrodite* wartete neben dem Wagen auf mich. Sie hatte *Luv_me* mitgebracht, eine ihrer jüngsten Chat-Eroberungen. Sie war dreiundzwanzig, sah aber aus wie neunzehn, knabenhafte Figur, kleine Tittchen, schmales Becken, süßer Apfelarsch. *Luv_me* hatte die mittellangen Haare pagengeschnitten und rotschwarz gefärbt. Ihr Lächeln war zauberhaft süß, fast schüchtern, und sie hatte eine Stubsnase. Nur ihre Stimme, mit der sie mich jetzt begrüßte, stand im krassen Gegensatz zu ihrem Äußeren. Sie war tief und rau, fast wie die eines Kerls, und trotzdem herzlich.

»Ja«, lachte sie heiser auf. »*Aphrodite* hat auch erst gedacht, ich wär ein Zweimeterweib mit Vollbart, als wir das erste Mal telefoniert haben.«

»Was du zum Glück nicht bist«, zwinkerte *Aphrodite*, kniff ihr in den kleinen Arsch und küsste mich zur Begrüßung sittsam auf die Wange. Schließlich waren wir hier vor dem Büro, in dem ich arbeitete.

Wir stiegen ein und fuhren in die Therme.

Ich saß hinten, und die beiden anderen fummelten während der kurzen Fahrt andauernd aneinander rum, was mich zugegebenermaßen ein ganz kleines bisschen eifersüchtig machte. Aber nur ein ganz kleines bisschen.

lächel

In der Therme angekommen, nahm ich die Tasche, die *Aphrodite* mir mitgebracht hatte und ging in eine der Umkleidekabinen. *Aphrodite* nahm die neben mir, und *Luv_me* die dahinter. Aber schon nach einer Minute hörte ich die beiden direkt nebenan kichern ... und *Aphrodite* einen kleinen Moment später süß seufzen und dann sogar unterdrückt aufstöhnen.

Ich wurde nass bei dem Gedanken, was wohl *Luv_me* gerade mit ihr anstellen mochte und war für einen Moment versucht, zu den beiden hinüberzugehen und mitzumachen. Dann aber überlegte ich es mir anders, zog mich fertig um und ging schon mal vor ins Schwimmbad.

Ich duschte kalt, was die Rolligkeit ein wenig vertrieb und sprang ins Becken, um erst einmal ein paar Bahnen zu schwimmen.

Schlag für Schlag arbeitete ich mich durch das Wasser, ließ es an meinem Körper entlangstreicheln, mich zugleich kühlen und anregen. Ich wusste, dass *Aphrodite* mich nicht nur angerufen hatte, um mit mir ins Schwimmbad zu gehen und freute mich schon darauf, was der Tag wohl noch so alles bringen mochte.

Ich hatte jetzt einen FFM-Dreier [FrauFrauMann] und einen MMF-Dreier [MannMannFrau] hinter mir, aber noch keinen reinen Frauen-Dreier.

Das wird bestimmt schön, dachte ich lächelnd und kraulte noch ein bisschen weiter, um meine Muskeln zu durchbluten und meinen Kreislauf in Schwung zu bringen.

Es war schon ein wenig seltsam, dass ich keinerlei Nervosität mehr verspürte, wenn es um Sex ging. Zumindest keine Nervosität mehr im Sinne von Lampenfieber.

Vor noch gar nicht mal sehr langer Zeit hatte ich geglaubt, dass die Nervosität erst verschwinden würde, wenn man abgebrüht wurde, sozusagen gefühllos und abgestumpft. Aber jetzt wusste ich, dass das nicht der Fall war. Ich war aufgeregter als früher, vielleicht ist an- oder erregter das bessere Wort, und die Vorfreude krabbelte mir durch jede Faser. Aber ich war eben nicht mehr nervös im Sinne von lampenfiebrig und meilenweit davon entfernt, abgebrüht zu sein oder gar abgestumpft.

Ich freute mich auf die Küsse der beiden, auf ihre Berührungen und darauf, sie zu berühren ... auf ihre Lust und ihre Geilheit ... auf den Spaß mit ihnen.

Plötzlich schwamm *Aphrodite* neben mir. Ihr schlanker Leib wand sich durch das Wasser wie der eines Delphins, feucht glitzernd ... geschmeidig. Sie streifte mich wie zufällig im Vorbeischwimmen mit der Hand an der Brust, und es schoss ein süßer kleiner Blitz in meinen Nippel.

Am Beckenrand wartete sie auf mich.

»Whirlpool?«, fragte sie grinsend. »*Luv_me* wartet schon auf uns. Sie ist total gespannt darauf, dich kennenzulernen. Ich hab ihr ein bisschen was über dich erzählt. Sie kann es kaum noch erwarten.«

Ich musste lachen.

»Ich hoffe, du hast ihr nicht zu viel versprochen«, sagte ich.

»Was dich betrifft, *sweet_princess*, kann man gar nicht zu viel versprechen«, antwortete sie schmunzelnd, drückte ihre Brüste gegen meine und griff mir unter Wasser heimlich zwischen die Schenkel.

»Na dann ab in den Whirlpool«, stöhnte ich flüsternd auf und ging voran ... um auf der Treppe aus dem Wasser heraus *Aphrodite* ganz absichtlich ein wenig mit meinem knackigen Arsch zu necken.

»Dreckstück!«, flüsterte sie mir von hinten ins Ohr. »Wäre ich ein Mann, hätte ich jetzt einen Ständer!«

Luv_me saß mit nass zurückgestrichenen Haaren im Whirlpool. Sie trug wie ich einen Badeanzug, und jetzt konnte ich sehen, wie klein und gleichzeitig doch so hinreißend süß ihre Brüstchen wirklich waren. Ihre Augen glitzerten hungrig, in derselben Mischung aus Schüchternheit und Kessness, wie ihre ganze Art.

Die Therme war noch angenehm leer, und wir hatten den Whirlpool für uns allein. *Aphrodite* und ich setzten uns, wie auf eine unausgesprochene Verabredung hin, links und rechts von *Luv_me* in das sprudelnde, warme Wasser. *Luv_me* quiekte spontan erfreut auf, als sie merkte, dass sie für den Moment Mittelpunkt des Geschehens sein würde.

Wir, *Aphrodite* und ich, legten unsere Arme hinten um ihre Schultern und taten so, als hätten wir uns etwas ganz, ganz Wichtiges zu erzählen, beugten uns vor ihr zueinander, sodass

Luv_me durch unsere Körper ein wenig von den Blicken der wenigen Badegäste abgeschirmt war.

Dabei fingen wir ziemlich unvermittelt an, die Kleine, sie war vielleicht gerade mal eins fünfundfünfzig, mit unserer jeweils freien Hand zu befummeln und zu necken. *Aphrodite* griff ihr versteckt an die Nippel und streichelte sie. Meine Hand wanderte zwischen ihre schlanken Beine und drückte sie ein bisschen auseinander. Dann schob ich den Stoff ihres Badeanzugs zur Seite und streichelte sie mit den Fingernagelspitzen links und rechts an der empfindlichen Haut ihrer Muschi.

Die Kleine legte den Kopf nach hinten und biss sich auf die Lippen, um nicht laut aufzustöhnen. Aber am Zittern ihres schlanken Körpers konnten wir sehr gut erkennen, wie ihr die Behandlung gefiel.

Mit der Spitze meines Zeigefingers suchte ich ihre Klit. Ich ließ mir lange Zeit bei der Suche, streichelte links, streichelte rechts, streichelte sie an ihrem kleinen Poloch und am Eingang ihrer engen Muschi, und erst dann entdeckte ich den kleinen prallen Knopf zwischen ihren Schamlippen.

Um uns herum blubberte das Wasser. Keinem Außenstehenden konnte auffallen, dass ein Teil davon sprudelte, weil *Luv_me* wild mit den Beinen zu zucken begann, als ich jetzt anfing, ihren Kitzler härter zu reiben, während *Aphrodite* das Spiel an ihren Nippeln ebenfalls verschärfte und statt zu streicheln zwirbelte und kniff.

Luv_me hatte sich den Zeigefinger zwischen die Zähne gesteckt und biss darauf, um nicht laut zu werden. Aber ihr schmales Becken zuckte und zappelte meinen Fingern entgegen wie ein gestrandeter Fisch.

Aphrodite und ich lächelten einander an.

»Das machst du nachher auch mit mir«, verlangte sie mit

lüstern nach unten gezogenen Mundwinkeln.

»Versprochen!« Ich grinste. »Und noch so viel mehr!«

Beim Anblick ihrer herrlich satten Brüste, schoss mir das Wasser in den Mund, und der Anflug von Geilheit, der mich überfiel, als ich daran dachte, es nachher mit *Aphrodite* zu treiben, ließ meinen Finger auf *Luv_mes* Klit noch heftiger tanzen und reiben.

Die Kleine bäumte sich auf ...

... und kam ...

... und sackte nach einigen Sekunden völligen Angespanntseins ins Wasser zurück.

Sie hechelte nach Luft wie nach einem Hundertmetersprint und grinste dabei so süß schief wie man nur grinsen kann, wenn man gerade gekommen ist.

»Nochmaaaaal!«, säuselte sie hungrig.

»Später, Kleines«, versprach ihr *Aphrodite*. »Mehr als einmal. Aber jetzt gehen wir erst mal in die Sauna und gucken, ob die leer ist.«

»Au ja!« *Luv_me* kletterte aus dem Whirlpool und hüpfte davon wie ein Teenie auf dem Jahrmarkt, dem man gerade die Achterbahn versprochen hatte.

»Die ist ja total süß!«, sagte ich zu *Aphrodite*.

»Ein echtes kleines Goldstück«, nickte *Aphrodite*, »hatte erst einen Mann, na ja, eher einen Jungen, mit dem sie schon seit sechs Jahren zusammen ist. War eigentlich nur im Chat, weil sie ein bisschen Abwechslung von der Arbeit gesucht hatt. Und dann hab ich sie gefunden.« Sie grinste mit den wunderschönen Lippen, die ich so sehr liebte, ihr breites *Aphrodite*-Grinsen.

»Und Alex?«, wollte ich wissen.

»Wo denkst du hin?« *Aphrodite* lachte. »Im Moment ist sie ganz allein mein Spielzeug. Und jetzt auch deins, wenn sie dir gefällt.«

»Ja, jaaa!« Ich nickte strahlend. »Sie gefällt mir!«

»Dachte ich mir, Dreckstück!« Sie lachte. Ich mochte es, wenn sie mich Dreckstück nannte. »Alex lass ich erst dann ran, wenn ich sie ein bisschen länger hab. Weil, am meisten gefällt mir ihre unschuldige Begeisterungsfähigkeit.«

»Die hattest du damals eigentlich auch bei mir gesucht, oder?« Ich war ein ganz kleines bisschen traurig, als ich das fragte.

Sie nickte.

»Aber nicht gefunden«, bedauerte ich.

»Begeisterungsfähigkeit schon«, lächelte sie und streichelte meine Wange wie zum Trost.

»Aber keine Unschuld«, beendete ich den unausgesprochenen Teil ihres Satzes leise.

»Dafür aber Stolz, Mut, Sinnlichkeit, eine Geilheit, wie ich sie bis jetzt nur von mir selbst kannte, Aufmerksamkeit, Freundlichkeit, Süße, Wildheit, Fähigkeit zur Hingabe«, machte sie meiner kleinen Traurigkeit ein Ende. »Unschuld ist das Vergänglichste auf der Welt. Du bringst dafür so viel mehr mit, als jede andere Frau, die ich jemals getroffen habe. Wäre ich ein Mann und nicht schon verheiratet, glaub mir, ich würde dir einen Antrag machen, Prinzessin!« Das ernste Lächeln ihrer Augen verriet mir, dass sie die Wahrheit sagte, und in diesem Moment fühlte ich mich mehr, als nur unheimlich geschmeichelt, ich fühlte mich geliebt ... von einem Menschen, bei dem mir das sehr viel bedeutete.

»Und ich würde ihn annehmen«, antwortete ich ebenso ehrlich und legte meine Hand warm an ihre lächelnde Wange.

Für eine kleine Unendlichkeit lang standen wir einfach nur voreinander und schauten uns tief und glücklich in die Augen ... und für einen Moment kehrte wilder Friede ein in mein Herz.

»Dann lass uns jetzt mit der Kleinen spielen.« Schließlich lachte ich und zog *Aphrodite* an der Hand in Richtung Sauna.

In der Sauna schlüpften wir aus unseren Badeanzügen. *Luv_me* war schon nackt und hatte unsere großen Tücher ausgebreitet. Die Sauna war leer und herrlich warm. Noch nicht so stickig wie wenn zwanzig Leute drin saßen. Ich liebe es, in der Sauna zu sitzen und zu schwitzen. Ich hatte nur leider zu selten das nötige Geld für einen Besuch in der Therme. Heute hatte *Aphrodite* für uns alle den Eintritt bezahlt. Nicht zuletzt deshalb, sondern auch weil es ihre Idee war, uns zu dritt zu treffen, hatte sie jetzt ein kleines Dankeschön verdient.

Ich schüttete einen duftigen Kräuteraufguss in das Kohlebecken, um es uns schön neblig zu machen, damit man, falls man uns erwischte, nicht gleich beim Betreten der Sauna erkennen konnte, was wir hier anstellten.

Dann setze ich mich neben *Aphrodite* auf die Bank, nahm sie in den Arm und zog sie knutschend in Rückenlage. Ich war jetzt über sie gebeugt, spielte mit meiner Zunge an ihren Lippen und mit meinen Fingern an ihren wundervoll großen und festen Brüsten. Ich gab *Luv_me* einen eindeutigen Wink, und mit einem erregten Leuchten in den süßen Augen kletterte die Kleine, die ich komischerweise heute noch »Kleine« nenne, obwohl sie zwei Jahre älter ist als ich, zwischen die Schenkel unserer Gastgeberin und begann dort vorsichtig mit ihren Fingerspitzen zu spielen.

Aphrodite stöhnte mir erregt in den Mund hinein, klammerte sich an meine Schultern, und ihr Kuss wurde schlingender, hungriger. Meine Fingernägel kratzten leicht und sacht die feine Haut ihrer Brüste, umtanzten ganz ruhig, aber intensiv ihre dunklen Höfe, die sich mehr und mehr zusammenzogen.

Allen dreien floss durch den Aufguss der Schweiß nur so

aus den Poren, und unser kleines Techtelmechtel war herrlich glitschig und nass. *Aphrodite* wollte mir zwischen die Beine greifen, aber ich nahm ihre Hand wieder weg. Ich wollte, dass sie sich unabgelenkt von *Luv_me* und mir verwöhnen ließ.

Und sie verstand.

Sie zerfloss in meinen Armen, ihr Leib zitterte und ihre Nippel waren plötzlich steif und hart. *Luv_me* hatte ihr kleines Gesicht zwischen *Aphrodites* Schenkeln vergraben und dem schnellen Nicken ihres Kopfes nach zu urteilen, leckte sie gierig und wild. *Aphrodite* verbiss sich in meiner Unterlippe. Ich wischte ihr das nasse Haar aus dem Gesicht, kraulte sie mit meinen Nägeln meiner Rechten im Nacken, während ich die meiner Linken abwechselnd wie kleine Bisse in das Fleisch ihrer beiden Brüste grub.

»Ja!«, lechzte sie mir in den Mund, stemmte ihre Füße auf die Holzbank und hob ihr Becken *Luv_me* noch drängender entgegen, eine Hand in das nasse Haar der Kleinen gekrallt.

Jetzt hechelte sie wie ein Hündchen nach dem Stöckchenholen. Ich konnte durch ihr Fleisch hindurch fühlen, wie ihr Herz schneller und schneller raste, ihre Muskeln unkontrolliert zu zucken begannen. *Luv_me* schnaufte vor Anstrengung und Erregung, hob ihr erhitztes Gesicht, und ich konnte sehen, wie ihre kleine Zunge zwischen *Aphrodites* Schamlippen auf und ab schlug.

Aphrodite schlang ihre Arme noch fester um meine Schultern, presste ihre Wange an meine und flüsterte mir unter stockendem Atem ins Ohr: »Ich liebe dich, Prinzessin!«

»Und ich liebe dich, Göttin!«, flüsterte ich zurück.

Dann schrie sie laut und lange auf.

Sie kam.

Und wie!

Ihre Augen hatte sie fest zugekniffen, den Mund weit aufgerissen, den ganzen wunderschönen Leib wie eine Stahlfeder angespannt, mit den Schenkeln *Luv_mes* Gesicht quetschend, vom Kopf bis hin zu den schmalen Füßen bebend.

»Mann, Mann, Mann, Mann, Mann!«, japste sie ein paar Sekunden später sich erholend. »Puuh! Ihr zwei schafft mich.«

»Und dabei haben wir gerade erst angefangen«, grinste ich. »Warte mal, bis wir nachher bei mir zuhause sind.« Ich zwinkerte ihr zu.

»Jetzt bist du erst mal an der Reihe!« Sie lächelte mit verschwitzt gerötetem Gesicht. »Gefällt sie dir, *Luv_me*?«

»Sie ist noch schöner als du sie beschrieben hast«, sagte *Luv_me*, und ich bedankte mich mit einem weichen Kuss auf ihre Lippen für dieses süße Kompliment.

»Du solltest erst mal sehen, wie schön sie wird, wenn man es ihr richtig gut besorgt«, feixte *Aphrodite*. Dann tat sie etwas, was mir zuerst die Sprache und gleich darauf auch den Atem verschlug. Sie nahm mit ihrer linken Hand *Luv_mes* Rechte, verschränkte ihre Finger mit ihren zu einer Doppelfaust, aber so, dass beider Mittelfinger, der eine gegen den anderen gelegt, gerade stehen blieben. Und diese beiden nach vorn stehenden Finger führte *Aphrodite* jetzt zwischen meine jetzt schon vor Vorfreude zitternden Beine. Sie leitete *Luv_mes* Finger in meine Muschi hinein und ihren eigenen in das kleine enge Loch darunter, sprich, mitten in meinen Arsch.

Ich schnappte nach Luft.

Dann begann sie mit ihren Fingern gleichmäßig in mich zu stoßen. Die beiden rückten zu mir heran und wir knutschten zu dritt, drei Zungen, sechs Lippen ... ihre Finger schön fest und im Gleichtakt in mich dringend.

Meine Bauchmuskeln zuckten ... sie stießen zu ... mein

Becken reckte sich ihnen entgegen ... sie stießen tiefer ... mein Mund sperrte sich wie ganz von allein weit auf ... sie schoben ihre Zungen hinein ... fickten mich mit ihren Händen noch fester ... ich verdrehte die Augen ... Pochen und Wummern überall ... Schweiß in meinem Gesicht, an meinem Rücken, zwischen meinen wippenden Brüsten, hinab zwischen meine Schenkel fließend ... wo es doch schon so nass war.

»Fester!«, bat ich ... völlig überflüssig, weil sie schon so fest stießen.

Aphrodite biss mir seitlich in den Hals. *Luv_me* beugte sich herunter und nahm meine rechte Brust zwischen ihre saugenden Lippen.

Roter Rausch vor den Augen ... den lauten, immer schneller werdenden Schlag meines eigenen Herzens in den Ohren ... das Gefühl, dass mein Brustkorb zu klein war für die Luft, nach der ich schnappte ... immer schneller schnappte ... stöhnend schnappte ... Finger ... Finger ... Zähne ... Lippen ... Schweiß ... meine Muschi ... mein Arsch ... *Aphrodites* Daumen plötzlich auch noch auf meinem Kitzler ... kein Entkommen mehr ... Hingabe ... fallen lassen ... schreien ... kommen ... kommen ... kommen ... jaaaaaaaa!

»Jaaaaaaaaaaaaa!«, hörte ich mich wie aus weiter Ferne schreien.

Dann verlor ich für ein paar Sekunden das Bewusstsein.

Der heftige Orgasmus in Verbindung mit der Hitze in der Sauna hatte meinen Kreislauf geschafft.

Aber ich war wohl behütet, denn als ich aufwachte, hielten mich *Aphrodite* und *Luv_me*, sie hatten wieder ihre Badeanzüge an, und auch mir hatten sie meinen angezogen, zärtlich in den Armen. Sie hatten mich aus der Sauna nach draußen an die frische Luft der Außenanlage gebracht und kühlten mein

Gesicht mit feuchten Tüchern. Ein Bademeister stand daneben und reichte mir einen Becher Fruchtsaft mit Traubenzucker.

»Tja«, grinste er anzüglich. »So ein Kräuteraufguss kann ganz schön schaffen.«

»Ja«, lächelte ich schwach zurück. »Ich hab mich da wohl etwas übernommen.« Und setzte dabei mein allerverzeihungsheischendstes Lächeln auf.

»Also«, sagte er im Herumdrehen und Gehen. »Das nächste Mal ein bisschen langsamer angehen lassen.«

Doch nichts dergleichen taten wir.

Wir fuhren zu mir nach Hause und legten jetzt erst so richtig los. *Aphrodite* hatte in einer Tasche ihre Toys mitgebracht, ihr Lustspielzeug. Unter anderem den Strap-on. Und weil sie wusste, wie sehr ich ihn mochte, und weil wir heute zu dritt waren, hatte sie noch einen zweiten davon gekauft.

***

Wir hatten an diesem Tag noch sehr viel sehr geilen Spaß miteinander.

Und als die beiden Mädels am nächsten Morgen fuhren, sah die kleine *Luv_me* ganz und gar nicht mehr unschuldig aus.

grins

15. SilverWolf

INTERNET-MESSAGE VON *SILVERWOLF*:
der zarten elfe tiefer schlaf
wird leis bewacht vom wolf
der auf des süßen wesens brust
sein fellig haupt gebettet
und seine scharfen zähne lässt
ganz dicht an ihrer kehle ruhn;
den atem trinkend,
der ihren weichen lippen sacht entströmt
und dabei sorge trägt, dass nichts und niemand
ihr ein leid zufügt.
die hand der fee in seinem kräftgen nacken ruht
und ihn im schlafe krault,
den köstlich leib dem raubtier dargeboten
und seiner kraft,
die auch im tiefsten traum sie spürt,
sanft glühn im zentrum ihres duftgen schoßes;
den sie ihm nur zu gern entgegenreckt,
um dann als sie die augen öffnet,
die schenkel ihm zu teilen
und einlass zu gewähren
seiner sanften, starken macht,
die tief und tiefer in sie dringt,

bis ihr das herz zerspringen droht
und ihre schlanken arme
sich um seine schultern schlingen,
die füße fest im moos
des waldgen bodens aufgestemmt,
um seine immer kräftgre wucht zu fangen,
sie zu schüren mit den süßen schreien,
die in die nacht sie schickt aus rauer kehl',
die nur durch seine wilde zunge wird gekühlt.
mit vor wonne aufgerissnem blick
fleht sie zum mond,
auf dass er niemals unterginge
und diese nacht kein ende finden möge ...

16. SoulEater

Souleater hatte mir völlig unerwartet eine E-Mail geschrieben, in der er mir mein Verhalten bei unserem letzten Date verzieh. Er lud mich zu einem neuen Treffen ein, unter der Voraussetzung, dass ich ihm versprach, mein Fehlverhalten bei dem Geschäftsessen wieder gutmachen zu wollen.

Ich wollte ... und ich versprach es.

So sehr mich die Gedanken an *Silverwolf*, die Begegnungen mit ihm, die jetzt so regelmäßig und oft waren, dass es sich schon fast anfühlte, als sei ich bei ihm eingezogen, und die Gefühle für ihn auch von Tag zu Tag mehr erfüllten, so sehr fehlten mir die Rituale und Spiele *Souleaters*; der rücksichtslose Sex. Ja, mir fehlte nicht harter Sex, den hatte ich mit *Silverwolf* zwei von drei Malen. Mir fehlte der Sex ganz ohne Gefühl, das Ausleben meiner Triebe, ohne dass das Herz im Spiel war. So pervers es klingen mag und vielleicht auch ist: In einer Welt, in der sich alles und jeder nach Liebe sehnt, wollte ich Sex mit einem Mann, bei dem ich mir sicher sein konnte, dass er nichts für mich empfand.

Das heißt, nichts außer Gier!

Unser Date fand tagsüber im Keller-Studio eines SadoMaso-Clubs statt. Der Club würde erst abends um neun öffnen, sodass wir viel Zeit füreinander haben würden. *Souleater* hatte mir dafür sogar gleich ein ganzes Set verschiedener Dessous zugeschickt: Lack, Leder, Spitze, Strapse, Stiefel, Handschuhe, Korsagen. Auch ihm schien einiges an dem Sex mit mir zu liegen. Und da ich inzwischen wusste, dass er sehr wohlhabend war, vielleicht aber auch eher deshalb, weil ich mir einen Teil des Erfolgs seiner Verhandlungen mit Mr Business und den Geldgebern, die dieser vertrat, auf die eigene Fahne schrieb, hatte ich keine Bedenken, die großzügigen Geschenke anzunehmen. Zumal sie ja auch genau so sehr zu seinem, wie zu meinem Vergnügen dienen sollten.

Für das Date wählte ich aus dem Sortiment einen durchsichtigen Netz-Catsuit. Der Einteiler aus schwarzem Netz hatte ein hochschließendes Spitzen-Halsband, ließ Rücken und Arme frei und zog sich hauteng über den Rest des Körpers, bis hinunter zu meinen Füßen. Meine Brüste zeichneten sich darunter makellos rund und mit weichen, noch entspannten Spitzen wundervoll ab. Dazu zog ich nichts weiter an, als Sandaletten-Highheels und natürlich einen Mantel darüber für den Weg zum Studio.

Ich steckte das Haar mit einer Klammer hoch, sodass ich es mit einem einzigen Griff öffnen können würde und schminkte mir das Gesicht gezielt luderhaft: viel dunkler Lidschatten, dicker Eyeliner und dunkelroter Lippenstift.

Um Punkt eins stand ich wie verabredet vor der Tür des Studios. Das Gebäude ließ von außen nicht vermuten, dass sich hier im Keller ein SM-Schuppen befand. Es war ein ganz normaler Wohnhäuserblock. Der Eingang lag im zweiten Hinterhof. Ich drückte die Klingel, und gleich darauf wurde der Summer betätigt.

Eine schmale dunkle Treppe führte nach unten. Es war kühl. Vielleicht sogar etwas zu kühl. Ich zog den Mantel fester um mich und stakste mit den hohen Highheels die schmalen Stufen hinunter. Unten angekommen, traf ich auf einen Vorhang aus rostigen Ketten und schob ihn beiseite. Direkt dahinter lag das Studio.

Es war ein echtes Kellergewölbe aus vom Alter geschwärzten Bruchsteinen. Beleuchtet war es mit Fackeln an den Wänden oder vielmehr mit elektrischen Leuchten, die wie Fackeln aussahen und auch so flackerten. In der Mitte des Raums stand auf einem kleinen runden Stufen-Podest ein schwarzes Andreaskreuz: ein großes X mit Metallschellen oben und unten. Auch an den Wänden waren Fesseln in die Steine eingelassen und Ringe, in denen dicke Stricke befestigt waren ... und es standen ledergepolsterte Bänke überall, so hoch, dass man eine darauf liegende Frau bequem im Stehen ficken konnte.

Souleater stand zwischen dem Andreaskreuz und mir. Er trug schwarze Hosen und ein T-Shirt aus dünnem Leder, schwere Boots und hielt eine Kette in der Hand, die zur Decke führte und im Dunkeln lag.

Es war nicht mein Herz, es war meine Muschi, die schneller pochte, als ich ihn endlich wiedersah. Und mehr noch als zu Beginn, war es weniger sein Aussehen, das mich anmachte, sondern die Härte, die er ausstrahlte, die Fiesheit.

Mit ernstem Gesicht nickte er in Richtung meines Mantels, und ich zog ihn aus. Hier unten war es wirklich viel zu kalt für den Catsuit, und ich wünschte, ich hätte mir eine Korsage und Strümpfe angezogen.

Auf seinen Wink hin ging ich zu ihm. Ich gab mir Mühe, mich auf dem unebenen Steinboden verführerisch elegant und dennoch unterwürfig zu bewegen. Sicherheitshalber hielt ich meinen Blick gesenkt.

Die Kette klirrte. Er ließ etwas von der Decke herab, und erst als es fast vor meinen Augen schwebte, konnte ich erkennen, was es war: ein Holzpranger. Eines jener mittelalterlichen Folterinstrumente, das ein bisschen so aussah wie ein Ochsenjoch. Im Grunde genommen wie eine große Holzklammer, die man von vorn und hinten um den Hals und die Handgelenke der Delinquenten schloss, um ihre Bewegungsfreiheit einzuschränken.

Es ist schwer zu beschreiben, was ich beim Anblick des Prangers fühlte, weil es schon ein wenig gruselig war und mich gleichzeitig erregte.

Unsinn!

Es ist eigentlich ganz einfach zu beschreiben: Das Teil und der Gedanke daran, in ihm gefangen hilflos ausgeliefert zu sein, machten mir Angst, und diese Angst und das Bewusstsein, ausgeliefert zu sein, die Kontrolle und die Verantwortung abgeben zu müssen, egal was geschehen würde, machten mich geil. End of story!

Es ist nur schwer, so etwas zuzugeben.

Souleater öffnete die beiden Spangen, ich hob gehorsam die Hände, und er verriegelte das Gerät um meinen Hals und die Gelenke. Dann zog er den Pranger an der Kette wieder in die Höhe, sodass ich gerade noch mit den Fußspitzen den Boden berühren konnte, um nicht mit dem ganzen Gewicht an Hals und Händen zu hängen.

Er trat vor mich und nahm meine beiden Nippel zwischen seine Zeigefinger und die Daumen, presste hart, sodass es richtig wehtat ... und grinste. Dieses Mal aber war nichts Lüsternes in seinem Grinsen. Seine Augen waren kalt.

»Ich werde dich lehren, in Zukunft gehorsamer zu sein!«, knurrte er.

Jetzt bekam ich es ganz leicht mit einer Angst zu tun, die nicht mehr viel mit Lust oder Geilheit gemeinsam hatte.

»Willst du mir denn gehorsam sein?«, fragte er, und es war klar, dass er nur eine Antwort hören wollte.

Ich nickte.

»Tun, was immer ich dir zu tun befehle?«

Ich nickte wieder.

»Nichts tun, ohne dass ich es dir ausdrücklich befohlen habe?«

Ich nickte ein drittes Mal.

»Gut!« Jetzt lächelte er schon etwas milder, und ich dachte, ich hätte den schlimmsten Teil der Bestrafung hinter mir und wir würden jetzt zu dem Teil übergehen, der mir Spaß machte.

Aber ich hatte mich geirrt.

»Jungs!«, rief er. »Ihr könnt jetzt reinkommen.«

Ich erschrak ...

... und durch den Kettenvorhang betraten eins, zwei, drei ... vier Männer das Studio!

Einer davon war so groß und so breit wie ein Bulle, der zweite klein und dürr mit schwarzen Struwwellocken und großer Hakennase, Nummer drei sah mit seinem gegelten Pferdeschwanz und seinem Goldkettchen aus wie ein Türsteher, und der vierte war ein Zwerg, ein fetter Zwerg, etwa so breit wie hoch.

Alle vier hatten sie lüsternes Funkeln in den Augen.

»Damit du ein für alle Mal lernst zu gehorchen!«, flüsterte *Souleater* mir zu und biss mir dabei ins Ohrläppchen.

Trotz der Abgebrühtheit, die ich in Sachen Sex in den vergangenen Monaten durch meine Abenteuer entwickelt hatte, war mein erster Instinkt der, den jede Frau in diesem Moment entwickelt hätte: eine höllische, die Kehle zuschnürende und das Herz fast zum Stehen bringende, panisch machende Angst!

Angst davor, dass mir hier und heute gegen meinen Willen

entsetzliche Gewalt angetan werden würde.

Angst vor einer furchtbaren Vergewaltigung. Einer Vergewaltigung durch gleich vier, und wenn *Souleater* mitmachen würde, fünf Männer!

Aber es war genau diese Abgebrühtheit, die mich an jenem Tag vor einem furchtbaren Schicksal bewahrte.

Man musste nicht wie ich Psychologie studieren, um zu verstehen, wie *Souleater* tickte. Er war nicht charismatisch, wie ich es bis jetzt geglaubt hatte. Er war ein herrsch- und rachsüchtiger Egoman ... und bezog seine Macht aus der Willen- und Wehrlosigkeit und der Angst seiner Opfer.

Solange das Ganze ein Spiel war, hatte das ja auch einen ganz besonderen Reiz. Das hier aber war kein Spiel mehr. Nicht, wenn es gegen meinen Willen ging.

Und das war das Stichwort.

Ich war zwar im Moment körperlich wehrlos, aber ich hatte, wenn es mir gelang, meine Panik niederzukämpfen, immer noch meinen freien Willen.

Und es gelang mir!

Ich musste nur seine Regeln brechen. Denn diese Regeln, das erkannte ich jetzt, waren nicht Regeln, die mich leiten und es mir leichter machen sollten, ihm zu dienen, wie er behauptet hatte. Diese Regeln waren einzig und allein da, um ihm die Kontrolle zu sichern. Nicht die Regeln an sich gaben ihm Macht, sondern derjenige, der sich an sie hielt. Und ich war nicht länger gewillt, mich dieser Macht willenlos hinzugeben, nicht länger gewillt, die Kontrolle in seinen Händen zu lassen. Denn er hatte gerade bewiesen, dass er diese Macht und diese Kontrolle nicht verdiente.

Also brach ich Regel Nummer eins: »Rede niemals, ohne gefragt worden zu sein!«

»Hi Männer!« Ich lächelte ...

... und *Souleater* schaute mich irritiert an.

»Halt die Klappe!«, zischte er leise.

Aber ich hielt nicht die Klappe ... und brach damit jetzt Regel Nummer zwei: »Tu, was immer ich dir befehle!«

»Das sieht mir doch mal nach einer echt geilen Gangbang-Party aus!«, fuhr ich fort und versuchte meiner Stimme einen festen Klang zu verleihen. »Fünf prachtvolle Schwänze für meine hungrige Muschi und meinen Arsch! Mein süßes gieriges Mäulchen nicht zu vergessen. Geil!« Ich leckte mir über die Lippen und lächelte weiter, fixierte jeden einzelnen von ihnen nacheinander mit dem verführerischsten meiner Blicke.

Als die Jungs begannen, zurückzulächeln, wusste ich, dass ich gerettet war.

Die vier waren nicht hier, um eine Frau zu vergewaltigen. Das waren keine bösen Jungs, keine Verbrecher, die mit dem Vorsatz hierhergekommen waren, jemandem gegen seinen Willen Gewalt anzutun. Es waren einfach nur Männer, denen *Souleater* eins seiner willenlosen Spielzeuge versprochen hatte und die heiß auf einen Gangbang waren.

Souleater hatte damit gerechnet, dass meine natürliche Unterwürfigkeit in Verbindung mit der Panik dafür gesorgt hätte, dass ich all das, was die fünf mit mir anstellen würden, schweigend erleiden und erdulden würde. Und vermutlich hatte er den anderen vieren gesagt, dass wenn ich mich wehren oder schreien würde, das alles natürlich Teil des vorher so mit mir vereinbarten Spiels wäre, und es hätte niemanden davon abgehalten, weiterzumachen. Im Gegenteil, es hätte sie noch heißer und wilder gemacht.

Deswegen konnte ich sie auch nicht um Hilfe bitten, weil sie das für einen Teil des Spiels halten würden.

Sie hätten mich – nur, weil dieser kranke Bastard mich für einen Fliegenschiss bestrafen wollte – vergewaltigt, ohne zu wissen, dass es gegen meinen Willen geschah.

»Ihr seht lecker aus!«, gurrte ich lüstern.

Mein Lächeln und meine sie willkommen heißende Begrüßung war nicht das, was sie erwartet hatten, aber sie mochten es. Unbewusst begannen sie zu posen und sich ins rechte Licht zu stellen. Der kleine Struwwelkopf mit der Hakennase zwinkerte mir sogar zu. Ja, mein kesses Auftreten gefiel ihnen. Gefiel ihnen sehr.

Ganz im Gegensatz zu *Souleater*. Der verlor die Beherrschung ...

... und schlug mir mit der flachen Hand ins Gesicht!

Der Schlag tat mörderisch weh, aber ich zwang mich dazu, noch breiter zu lächeln.

»Hey, hey! Nicht so grob, Kleiner!«, sagte ich ganz bewusst herablassend und war mir sehr wohl darüber im Klaren, dass ich ein gefährliches Spiel spielte. Aber es war wirklich der einzige Ausweg, der mir einfiel. »Jungs, sagt ihm, er soll nicht so hart mit mir umspringen. Ich steh ja auf Rudelficken, am besten alle gleichzeitig, aber Schlagen kommt nicht in die Tüte.«

»Sei nicht so hart zu ihr«, sagte der Bulle mit tiefer und warnender Stimme zu *Souleater*, und »Du hast die Lady gehört!« fügte der kleine fette Zwerg hinzu. Jetzt mochte ich auch ihn.

Souleater war sprachlos, und ich beschloss, ihm den Rest zu geben.

»Ich fänd es noch viel geiler, wenn Ihr mich losschnallt. Dann könnte ich auch meine Hände benutzen.« Ich lächelte verheißungsvoll.

Regel Nummer drei: »Du tust nichts, aber auch gar nichts, aus eigener Initiative!« ... gerade gebrochen!

»Kommt überhaupt nicht in Frage!«, brüllte *Souleater*. »Du tust, was ich dir sage! Und jetzt halt endlich dein dummes Maul!«

»Ich find die Idee mit den Händen nicht schlecht«, sagte der Langhaartürsteher mit leiser, aber fester Stimme. »Außerdem, wie soll sie denn blasen, wenn ihr Kopf da oben hängt?«, fragte die Hakennase.

»Ja, ich finde auch, du solltest sie losmachen«, stimmte der Bulle zu, der, wie ich jetzt sah, eigentlich sogar ein ziemlich gutmütiges Gesicht hatte.

»Vergesst es!«, raunzte *Souleater* aggressiv. »Die Sache ist gelaufen. Ihr könnt gehen. Lasst mich mit ihr allein!«

Der Schock fuhr mir wie ein gewaltiger Blitzschlag in die Knochen! Auf gar keinen Fall durften sie mich jetzt mit ihm allein lassen! Ich wollte um Hilfe schreien, aber der Zwerg kam mir zuvor.

»Du hast sie wohl nicht mehr alle!«, richtete er sich an *Souleater*. »Wir sind hier, um unseren Spaß zu haben.«

»Nur, weil es nicht nach deinem Willen geht«, feixte Hakennase und grinste ihn mit schiefem Mund an.

»Mach sie los!«, bestimmte der Bulle mit dem gutmütigen Gesicht, und die Art mit der er jetzt eine seiner mächtigen Fäuste in die andere Hand legte, machte klar, dass er diese Forderung für nicht verhandelbar hielt.

»Ihr könnt mich alle mal!« *Souleater* warf ihnen den Schlüssel vor die Füße und stapfte mit großen Schritten aus dem Studio.

Seine Macht war gebrochen.

Der Bulle hob den Schlüssel vom Boden und schloss den Pranger auf ...

... ich schlang meine Arme um ihn und küsste ihm auf die Wangen ... während mir jetzt endlich die Tränen über die Wangen liefen und ich heftig zu schluchzen und zu zittern begann.

Er schaute mich ganz verdutzt an, und ich begann in aller Ausführlichkeit zu erklären, was hier beinahe geschehen wäre. Als die vier begriffen, dass sie fast die Hauptrollen in einer Vergewaltigung gespielt hätten, rasteten sie aus. Sie wollten auf der Stelle los stürmen, um *Souleater* noch zu erwischen.

Aber ich hielt sie zurück. Denn auch wenn er mit Sicherheit Strafe verdient hatte für das, was er mir hatte antun wollen, so befürchtete ich doch, dass die vier Jungs aus ihm Hackfleisch machen würden, wenn sie ihn jetzt – aufgebracht und wütend wie sie waren – in die Finger bekommen würden.

Stattdessen bat ich sie, unter dem nur zum Teil erfundenen Vorwand, jetzt nicht allein sein zu wollen, mit mir einen trinken zu gehen und mich auf andere Gedanken zu bringen.

Keiner von ihnen dachte jetzt noch daran, mich ficken zu wollen und dafür war ich ihnen sehr, sehr dankbar. Sie alle boten mir etwas von ihrer Kleidung an, damit ich nicht so wie ich war hinaus auf die Straße musste. Doch mein Mantel reichte mir völlig aus. Der Zwerg holte ihn und half mir hinein.

Dann gingen wir in eine Bar ...

... und ich lernte die vier kennen.

Der Bulle hieß Andy, die Hakennase Sean, Langhaar Ryan und der Zwerg hieß Zwerg – zumindest wollte er lächelnd, dass ich ihn so nannte.

Drei Vodka Bull und die Gesellschaft der, wie sich jetzt mehr und mehr herausstellte, wirklich netten Jungs vertrieben die Schrecken des Nachmittags ...

... und plötzlich war er wieder da ...

... mein Hunger!

Kein kranker Hunger, vergewaltig werden zu wollen. Nein, sondern der Hunger, mich von vier Männern ficken zu lassen!

Ich fragte die Jungs neugierig und fast schüchtern, ob sie das, was sie eigentlich mit mir vorgehabt hatten, einen Gangbang, vorher schon einmal gemacht hätten.

Keiner von ihnen hatte.

Souleater hatte sie alle in der Nähe eines Bordells angesprochen und jeden einzeln zu dem »Happening« eingeladen. Sie waren davon ausgegangen, ich sei eine Nutte, schließlich hatten sie *Souleater* pro Nase einhundert Pfund hingeblättert.

Die Sau! Hatte er aus der Schweinerei, die er für mich geplant hatte, auch noch Kohle rausgeschlagen!

»Dann bin ich euch ja eigentlich noch was schuldig.« Ich grinste verführerisch.

»Quatsch!«, wehrte Andy, der Bulle, ab.

»So ein Blödsinn!«, empörte sich auch Hakennase Sean.

»Nix schuldest du uns!«, sagte Zopfträger Ryan.

»Viel eher schulden wir dir was!«, stellte Zwerg fest. »Wenn du nicht so kaltblütig gewesen wärst, hätten wir ganz schön Scheiße gebaut!«

»Auf meine Retter!«, prostete ich ihnen zu, und wir tranken noch einen Schluck.

»Aber lasst uns doch einmal annehmen«, begann ich und stellte mein Glas ab, »die gerettete Prinzessin würde sich gern bei den Rittern erkenntlich zeigen ...«

»Auf gar keinen Fall!«, protestierte Andy. »Echte Ritter würden niemals die Dankbarkeit einer Jungfrau ausnutzen!« Ich spürte, wie ernst er es meinte, und ich lächelte, zum Teil aus dankbarer Zuneigung für diesen grobschlächtigen Edelmann, zum Teil einfach nur deshalb, weil er ausgerechnet mich Jungfrau genannt hatte.

Diese vier würden keinen Dank von mir annehmen, schon gar nicht in Form von Sex, weil sie glauben würden, ich würde ihn nur bieten, weil ich mich ihnen verpflichtet fühlte.

»Dann lass es mich anders formulieren«, schlug ich einen neuen Pfad ein. »Was wäre, wenn die Jungfrau den heutigen Nachmittag wirklich völlig vergessen hätte und jetzt ganz einfach scharf darauf wäre, von vier prächtigen Hengsten durchgefickt zu werden?«

Die vier schauten einander verblüfft an.

»Ganz im Ernst, Jungs! Heute Mittag ist abgehakt, die Kohle, die ihr dem Bastard gezahlt habt, ist ganz allein Euer Problem, und was auch immer ich euch für meine Rettung schulde, habe ich beglichen, indem ich euch davor bewahrt habe, zu Vergewaltigern zu werden. Wir sind einander nichts schuldig. Aber ich mag euch! Und, ich betone das ganz ausdrücklich, ich habe jetzt tierisch Lust von euch gefickt zu werden. Habe ich mich klar genug ausgedrückt?«

Ich grinste sie an ...

... und keine Viertelstunde später waren wir in Seans unaufgeräumtem Einzimmerappartement, und die vier fickten mich, was das Zeug hielt.

Der Catsuit war zerrissen, und ich saß reitend auf Andys dicken Schwanz gespießt, während er mir hungrig an den Nippeln nuckelte. Ryan kniete hinter mir, und stieß mir seinen Prügel in den Arsch. Zwerg stöhnte versonnen auf, weil sein Schwanz mir bis zum Anschlag im Mund steckte, und Sean beschwerte sich so rührend darüber, dass ich ihn nur mit der Hand wichste, dass ich seinen überraschend mächtigen Schwengel noch zu dem von Zwerg zwischen meine Lippen schob und mich daran beinahe röchelnd verschluckte.

Sie fickten mich gleichzeitig ...

... ich stöhnte, keuchte, seufzte, ächzte, schrie ...

... sie fickten mich nacheinander ...

... ich kam ... und kam ... und kam.

Immer und immer wieder.

Vier Schwänze füllten mir Muschi, Arsch, Mund und Hände.

Und wäre das heute Nachmittag beinahe das Schrecklichste gewesen, was mir in meinem Leben passiert war – das Erlebnis mit *xXx-Dreams* eingeschlossen –, so war es jetzt, da es aus freiem Willen geschah, ja sogar nur weil ich ausdrücklich dazu eingeladen hatte, eines meiner geilsten Erlebnisse überhaupt.

***

Von *Souleater* habe ich nie wieder etwas gehört!

17. SilverWolf

Zwei Nächte später wurde ich von einer leichten Berührung geweckt, wusste nicht gleich, wo ich war ... Ich lag in einer weichen, warmen Matratze, öffnete die Augen. Doch sehen konnte ich nichts ... nur schwach drang der Schein des Vollmonds durch den roten Seidenstoff über meinen Augen. Ich versuchte, das Tuch von meinem Gesicht zu nehmen, aber ich konnte meine Hände nicht bewegen ... sie waren gefesselt, die eine weit links, die andere weit rechts. Meine Arme waren zu den Seiten hin weit ausgestreckt.

Jetzt erst dämmerte es mir langsam, wo ich war und bei wem. Ein leises Lächeln huschte über meine Lippen und ich flüsterte seinen Namen.

»*Silverwolf!*«, hauchte ich zärtlich und reckte meinen Kopf genussvoll weit in den Nacken, während ich fühlte, wie sich mein ganzer Körper erwartungsvoll anspannte.

»Nenn mich Marcus«, lud er mich ein, mit seiner wohlig tiefen Stimme, die über meine Haut glühte, wie Dutzende kleiner Sternschnuppenküsse.

»Marcus«, flüsterte ich. Es war das erste Mal, dass ich ihn bei seinem wirklichen Namen nannte, und das Gefühl, das ich dabei hatte, war ein so schönes, dass mir fast das Herz dabei platzte.

Ich spürte, dass er mich beobachtete, auch wenn ich ihn

nicht sehen konnte. Ich räkelte mich ein bisschen, um mich ihm in all meiner Schönheit zu präsentieren.

»Deine Haut schimmert goldbraun im Mondlicht«, flüsterte er mit vor Bewunderung und Zärtlichkeit belegter Stimme. »Glatt, samtig und geschmeidig.«

Wie von selbst, aber in Wahrheit, weil ich es genau so wollte, glitt die weiche Decke von mir herab, floss zur Seite weg. Ich war nackt ... wundervoll nackt.

»So viel süße, reizvolle, sinnliche Frau«, sagte er leise. »Es ist so unglaublich schön, dass es dich gibt.«

Jetzt erst spürte ich, dass auch meine Füße gefesselt waren, die Beine weit gespreizt ... und ich genoss die leicht kühle Nachtluft, die durch das scheinbar offene Fenster ins Zimmer wehte und meine Haut liebkoste, als ob Tausend kleine Schmetterlinge ganz dicht darüber hinweg fliegen würden.

Da berührte mich etwas an der Seite, den Rippen.

Seine Finger?

Seine Lippen?

Erfreut überrascht zuckte ich leicht zusammen, fragte mich, wo er mich als nächstes berühren würde ... und unwillkürlich zogen sich die weichen Spitzen meiner bis eben völlig entspannten Brüste leise zusammen, wurden fester.

Ein Kuss an meinem Hals … er durchzuckte mich. Eine Hand auf meinem Schenkel … meinem Knie. Sein männlicher Duft in meiner Nase. Ein zweiter Kuss auf meine weiche Wange … ganz dicht bei meinem Ohr. Mein Mund öffnete sich wie von selbst, und meine Lippen begannen leise zu glühen.

Sein Mund auf meiner Schulter … ich hörte ihn atmen … wollte ihn aus einem Instinkt heraus berühren ... merkte dann erst wieder, dass ich gefesselt war. Zwei Finger wanderten über mein Gesicht … streichelten mir Stirn … Schläfen und

Wangen ... während plötzlich seine zweite Hand sich warm auf meinen Bauch legte, in dem sich scheinbar jetzt alle über-die-Haut-husch-Schmetterlinge versammelt hatten und zu tanzen begannen.

»Wieso hast du mich gefesselt?«, fragte ich ihn flüsternd, um die Heiligkeit dieses einzigartigen Moments nicht zu zerstören.

»Weil du es magst«, antwortete er leise.

»Ich dachte, du hasst solche Spielchen, wie du sie nennst.« Ich reckte mich unter seinen leisen Küssen.

»Aber du liebst sie«, sagte er, ohne jede Ironie in der Stimme. »Also schenke ich sie dir. Weil ...« Er stockte für eine kleine Sekunde und seine Stimme war belegt. »Weil ... ich möchte einfach nicht, dass du woanders hingehen musst, um sie zu spielen.«

Ich erschrak, auch wenn ich mich zusammenriss, damit er es nicht merkte. Wusste er irgendetwas von meinen Treffen mit *Souleater* oder war er einfach nur ein guter Menschenkenner?

Fast wäre es aus mir herausgesprudelt. Fast hätte ich ihm alles gestanden, ihn um Vergebung gebeten. Dann aber überlegte ich es mir anders. Wenn er es nicht wusste, wäre es fatal, es ihm ausgerechnet jetzt, da ich die Geschichte mit *Souleater* ein für alle Mal beendet hatte, zu beichten. Und wenn er es, woher auch immer, doch wusste, hatte er eine verdammt gute Art, mit meiner Schwäche, meinem Fehler umzugehen. Eine Art, wie sie nur aus echter Größe erwächst, aus echter Liebe.

Ja, *Silverwolf* ... Marcus ... war ein großer, ein echter, ein wahrer Mann! Und er liebte mich. Erst jetzt wurde mir klar, wie sehr.

Ich bekam einen seiner Finger mit meinen Zähnen zu fassen, lutschte neckend an ihm, schleckte ihn ab, schmeckte ihn. Seine andere Hand griff zu, packte meine Brust. Lust jagte mir durch den Leib, ein leises Stöhnen entfloh meiner Kehle zwischen den Zähnen hindurch an seinem Finger vorbei. Sein Mund stahl sich hinzu, und ein wohliger Rausch benebelte meine Sinne, als ich süß hungrig und zart an seinen Lippen zu saugen begann, seine Zunge sachte zum Tanz einlud.

So begierig war ich nach diesem Kuss, dass ich zunächst gar nicht spürte, dass nicht nur seine Zunge in meinen Mund glitt, sondern auch einer seiner Finger zwischen meine weit geöffneten Schenkel. Erst als er ihn ohne zu zögern tief in mich schob, fiel mein Kiefer herab, und ich stöhnte in plötzlich wilder Erregung laut in seinen Mund hinein, wollte ihn gierig umklammern mit meinen Armen, die ich jedoch nicht bewegen konnte.

Mein Becken drängte sich ihm und seiner wühlenden Hand entgegen.

Tiefer, wünschte ich mir, ohne dass ich es aussprechen musste, denn schon schlüpfte ein zweiter Finger in mich hinein, und er begann, mich tief in meiner Nässe kraftvoll und drängend und doch so unglaublich zart und behutsam zu massieren, während sein Mund meine nun hungrig gierigen Küsse suchte, meinen glühenden Hals, die hart geprickelten Spitzen meiner Brüste, an ihnen lutschte und sie mit kleinen festen Bissen zum Brennen brachte.

Ich fühlte, wie meine Nässe über seine Finger floss.

Alles in mir begann zu beben, als dieser starke, süße, liebe, geile, aufmerksame, liebevolle, harte und wilde Mann endlich anfing, mich mit seinen Fingern zu ficken.

»Marcus!« Wieder flüsterte ich heiser. Es war meine erste wirkliche Liebeserklärung an ihn. »Oh, Marcus!«

Sein Mund wanderte nach unten zu seiner Hand zwischen meinen Schenkeln. Seine Zunge kam hervor ... es durchzuckte mich wie ein Blitz. Zunge an, Finger in mir. Süßer, geiler Wahnsinn!

Erst jetzt fühlte ich, wie sich etwas Warmes, Pochendes an meine Wange schmiegte ... daran entlangglitt, zu meinem Mund hin, den ich nur zu gern willkommen heißend öffnete. Noch einmal wollte ich laut aufstöhnen vor Geilheit, doch schon steckte sein hartes Fleisch, sein wunderschöner, geiler Schwanz, tief in meinem Mund ... und ich konnte nur noch saugen …

... lecken ...

... lutschen ...

... während seine Finger stoßend in mir tanzten und seine Zunge meine Lust hoch und höher peitschte.

Ich schrie meinen ersten Orgasmus zitternd und fast erstickend in seinen Schwanz hinein. Doch er fingerte und leckte mich einfach weiter, so wie er nicht aufhörte, mir seinen Prachtschwanz zwischen die röchelnden Lippen in meine Kehle hineinzuficken.

Der rote Rausch ließ nicht nach, schwemmte noch einmal, noch gewaltiger über mich ...

... und ich kam ein zweites Mal heftig und erstickt schreiend.

Dann drehte er sich herum und legte sich zwischen meine Schenkel, griff an meinem Rücken herab an meinen Arsch, packte mich und stieß sich gierig und hemmungslos in mich.

Ich japste ...

... ich wimmerte vor geiler Lust ...

... ich stöhnte ...

… ich schrie ...

... er fickte ...

... ich kam schon wieder!

Aber er hörte nicht auf, biss sich in meinen brennenden

Brüsten fest und stieß weiter ... weiter ... weiter ...

Wie zu Beginn ... wie die ganze Zeit ... war ich Spielzeug seiner Lust ... seine kleine hingebungsvolle Lustsklavin ... seine willige Hure. Und doch zugleich Gespielin, Muse, Inspiration, Partnerin, Geliebte.

Für diesen Mann war ich alles, was eine Frau einem Mann sein kann. Wie hatte ich nur so verblendet sein können, zu glauben, ich brauchte *Souleater*? Wo mir dieser Mann, dieser Wolf, doch alles gab, was ein Mann einer Frau geben konnte. Seine Zuneigung, sein Interesse, seine Kraft, seine Wahrnehmung, seine Zärtlichkeit, seine Härte, Einblick in seine Seele, seine Zukunft, seine Liebe.

Wie hatte ich nur beim Geschenk der echten Stärke dieses Mannes Sehnsucht entwickeln können nach der aufgesetzten und, wie sich schließlich herausgestellt hatte, so brüchigen Dominanz eines Kerls wie *Souleater*?

Bei dem hatte ich Comic-Heft-Phantasien erlebt und aus irgendwelchen Pornofilmchen abgekupferte Fetisch-Szenarien. Hier erlebte ich wahre Wildheit und Entschlossenheit, eine strenge und doch zugleich warmherzige Herrschaft ... eine Herrschaft, die sich auf das Teilen verstand.

Auch hier war ich Spielzeug, aber, wie ich nun endlich fühlte, das kostbarste Spielzeug, das dieser Mann besaß, das Kostbarste überhaupt, das er je besessen hatte. Und wenn ich es nicht irgendwie vermasseln würde, würde er es nie wieder hergeben. Er würde immer wieder gern mit mir spielen, mich benutzen, mich aber zugleich auch hüten und nähren, lieben und umsorgen.

Nur bei diesem Mann konnte ich mir vorstellen, mich auf einen Sockel heben und anbeten zu lassen, denn ich wusste ganz genau, dass er mich, wann immer ihm danach war, auch wieder von diesem Sockel herunternehmen und mich hart in den Schlamm ficken würde.

»Marcus!«, stöhnte ich noch einmal auf, als es mir das dritte Mal kam. »Ich liebe dich!«

»Und ich liebe dich!«, antwortete er, während er mir die Fesseln löste, mich herumdrehte und auf die Knie zog und seinen Schwanz in meinen Arsch hinein steckte. »Ja, ich ... liebe ... dich, A-my!« Und damit spritzte er seinen heißen Saft in mich ...

... und ich kam zum vierten Mal in dieser Nacht.

In dieser Nacht, die gerade erst begonnen hatte, die erste Nacht einer ganz besonderen Liebe zu werden.

lächel

18. Im SwingerClub

Ich hatte mich endlich für ein Leben mit *Silverwolf*, mit Marcus, entschieden. Nur eines wollte ich noch, ehe ich mein altes Leben, meine Suche nach dem Kick, an den Nagel hängte. Etwas, was ich mit *Silverwolf* niemals würde erleben können: eine Orgie. Ich wusste nun, dass er bereit war, mir außer dem Wahnsinnssex, all seiner Zuneigung, seiner Größe und Wärme auch Spiele und Rituale zu schenken, aber ich wusste außerdem, dass er, von seiner ganzen Natur her, mich niemals mit einem oder anderen Männern oder Frauen teilen würde.

Die Dreier mit *Souleater*, *Aphrodite* und *Luv_me* und auch der Gangbang hatten mir extremen Spaß gemacht und unglaubliche Lust geschenkt. Doch ich wusste, dass ich für *Silverwolf* darauf verzichten konnte, weil ich sie jetzt eben schon einmal erlebt hatte. Aber eine echte Orgie – Männer, Frauen ... jeder mit jedem – hatte ich noch nicht erlebt, und ich ahnte, dass mir das auf ewig in der Seele brennen, dass es mich immer neugierig bleiben lassen, mich immer und immer wieder beschäftigen würde.

Zugegeben, jetzt da ich mich endgültig und absolut für *Silverwolf* entschieden hatte, war es nicht mehr legitim, über so etwas nachzudenken. Ich musste es abhaken, wusste aber auch, dass ich es erst abhaken konnte, wenn ich es erlebt hatte.

Zuerst überlegte ich, das Ganze wieder über den Chat zu organisieren, dann aber kam mir eine andere Idee:

ein Swinger-Club.

Ich setzte mich an den Computer und gab »Swinger Club« in die Suchmaschine ein. Gleich darauf zeigte mir der Monitor eine ganze Reihe von »Links«. Ich klickte ein bisschen herum und war erstaunt, wie viele dieser Clubs es doch gab.

Bei einem gefielen mir die Aufmachung der Webseite und die Fotos der Räume darin schon sehr gut, also beschäftigte ich mich mit ihm näher. Der Club bot »Erotik vom Feinsten«. Na, das klang ja schon einmal recht vielversprechend.

Die Fotos zeigten:

– Spielwiesen. Drei Räume: einer mit einem bestimmt vier mal vier Meter großen Himmelbett, ein zweiter ein bisschen aufgemacht wie ein Dschungel mit jeder Menge Pflanzen darin und ein dritter wie ein kleiner Abenteuerspielplatz.

– Den Nassbereich. Ein kleines Schwimmbad mit Whirlpool und Sauna.

– Den SM-Bereich. Zwei Räume: ein gummitapeziertes Studio, nicht unähnlich dem, in dem *Souleater* mich den vier Jungs hatte ausliefern wollen, mit hölzernem Andreaskreuz und Liebesschaukel, einem hängemattenartigen Gebilde zum Reinsetzen, Freischweben und in allen möglichen und unmöglichen Positionen und Stellungen Geficktwerden und ein Kerker. Ein bisschen wie ein Kellergewölbe mit einem großen Käfig in der Mitte und Handschellen an den Wänden.

Nette Plätze zum Poppen!

grins

Ich klickte zur Preisliste. Trotz Nebenjob als Personalerin war ich schließlich eine arme Studentin. Und siehe da: während Paare pro Person dreißig Pfund Eintritt zahlen mussten und einzelne Herren sogar einhundertzwanzig, war der Eintritt für Solofrauen, wie sie hier genannt wurden, frei.

Cool!

Es gab noch einen Link: Regeln im Club.

Regel Nummer eins war, dass ein NEIN ein NEIN ist und dass in dem Club durch Sicherheitspersonal besonders darauf geachtet wird, dass diese Regel auch eingehalten wird.

Der Rest der Regeln war eigentlich mehr eine Liste von Hygiene- und Sicherheitsvorschriften zum Verhalten im Club, so wie: »Die Spielwiesen und Matratzen nicht in Stöckelschuhen betreten!«

»In den Nassräumen sind das Rauchen und der Verzehr von Speisen und Getränken untersagt!«

»Benutzte Kondome gehören in den Papierkorb, nicht unter die Matratze!«

Hm ... klang alles sehr technisch, sehr strukturiert, nicht besonders einladend.

Aber die nächste Seite klang schon ganz anders: Hier versprach der Club außergewöhnliche, ja phantastische erotische Erlebnisse, lockere, offene Gleichgesinnte voller Lust und Neugier, einen Rausch der Lust.

Ich schrieb mir die Adresse und die Öffnungszeiten auf. Dann bekämpfte ich noch ein bisschen mein schlechtes Gewissen wegen *Silverwolf*, schoss es mir mit dem Vibrator und meinen Fingern aus dem Hirn und stieg in die Badewanne.

Der Club hatte sexy Dessous empfohlen, also machte ich mich wenig später daran, den Kleiderschrank zu plündern.

Meine Sammlung war recht ansehnlich geworden in den letzten Monaten, nicht zuletzt dank des Geschenks von *Souleater*, und ich entschied mich für schwarze Spitze unter einer roten Lackkorsage, Fishnet-Stockings und Highheels. Darüber zog ich einen langen Sommermantel.

Das Haar trug ich zurückgegelt und hinten streng zu einem schmalen Pferdeschwanz zusammengebunden. Außerdem zog ich mir noch ein ledernes Halsband an und steckte schwarze Lackhandschuhe in die Manteltaschen zum Späteranziehen. Ich sah jetzt ein wenig aus wie eine Domina.

***

Gegen einundzwanzig Uhr betrat ich den Club. Der Türsteher begrüßte mich freundlich, wenn auch mit einem etwas aufdringlich breiten Grinsen.

Ich war nervös. Schrecklich nervös. Das hier war kein Treffen mit jemandem, den ich mir ausgesucht, mit dem ich schon hin und her geschrieben und telefoniert hatte. Ich begab mich auf völlig fremdes Terrain. Und das Grinsen des Türstehers war kein guter Einstieg. Ich fühlte mich wie auf dem Präsentierteller. Das änderte sich auch nicht, nachdem ich meinen Mantel an der Garderobe abgegeben, die Handschuhe angezogen und mich an die Bar gesetzt hatte.

Außer mir waren im Moment nur Männer hier, und keiner von ihnen besonders attraktiv. Die Tatsache, dass sie alle nur Slips trugen, machte es nicht besser. Sie verschlangen mich mit ihren Blicken wie Hyänen, denen man ein Stück frisches Fleisch hinhält.

Auch die Barkeeperin hatte schon bessere Tage gesehen, vor vielen, vielen Jahren. Sie spendierte mir einen Drink und versuchte überfreundlich, mir ein Gespräch aufzudrängen.

Schon nach weniger als drei Minuten trat der erste Mann an mich heran, ein Mittfünfziger mit Hängebauch und O-Beinen. Er grinste mich mit seinen dritten Zähnen an und fragte mich, ob ich Lust hätte, mit ihm in den Whirlpool zu kommen. Ich lehnte dankend lächelnd ab. Aber er ließ nicht locker.

»Komm schon!«, sagte er. »Hab dich nicht so. Ich bin vielleicht schon ein bisschen älter, aber ich weiß ganz gut, wie man es einem jungen Ding wie dir besorgt!«

»Sie hat Nein gesagt«, verteidigte mich die Barkeeperin und deutete mit dem Blick zu einem der Sicherheitsmänner in der Ecke.

Der Hängebauch zog sich knurrend zurück.

Ich dankte der Barkeeperin. Sie stellte sich vor als Elaine, was sich jedoch eher wie Ileeehn anhörte, und wir kamen nun doch ins Gespräch. Ihr gehörte der Club. Ich gestand ihr, dass ich zum ersten Mal in einem Swinger-Club war, und sie spendierte mir noch einen Drink. Der Alkohol stieg mir zu Kopf.

»Entspann dich, Kleines!«, sagte sie. »Das wird schon. Bist nur ein bisschen früh hier. Paare und andere Frauen kommen meistens erst so gegen zehn. Aber dann wird's hier drin richtig nett.«

Also wartete ich noch eine Stunde.

Eine Stunde, in der jeder einzelne der Männer hier im Raum mindestens einmal zu mir an die Theke kam und mich zu irgendetwas einlud.

Einer wollte mir im SM-Studio »die harte Tour« zeigen.

Ein zweiter fragte mich, ob ich für ihn und seinen Freund lebendes Buffet sein wollte.

»Du legst dich auf den Tisch, Elaine verziert dich mit Obst, und wir essen von dir.«

Ich lehnte ab. So wie ich jedes der Angebote ablehnte.

Elaine hatte mir inzwischen den vierten Drink hingestellt, wieder auf Kosten des Hauses. Langsam hatte ich den Verdacht, dass hier wohl nur sehr selten junge Frauen, die ein bisschen nach was aussahen, herkamen. Warum sonst diese großzügige Gastfreundschaft?

Ich war betrunken ... aber kein Stück lockerer oder geil. Die Musik, die aus den alten, knarrenden Boxen rieselte, war schon vor zehn Jahren nicht mehr angesagt.

Dann kamen endlich die von Elaine angekündigten Paare.

Da traten sie auf, die laut Website »lockeren, offenen Gleichgesinnten voller Lust und Neugier«! Paare mittleren und gehobeneren Alters, eher gehobeneren. Keiner im Club war auch nur annähernd unter fünfunddreißig, die meisten fünfzig plus. Dickbäuchige Matronen mit Hängebrüsten in Seidenpelle. Blasse Männlein mit Kassengestell und Tigerstrings.

Erst hatte ich noch gedacht, ich schau mir mal an, was so geschieht, was in den einzelnen Räumen so abgeht, aber jetzt war mir die Lust vergangen, mir war schlecht.

Überheblich?

Nein! Ganz persönlicher Geschmack. Jedem das Seine. Mochten sie einander attraktiv finden. Ich tat es nicht. Es war nicht ein Mann oder eine Frau darunter, von dem oder der ich hätte berührt oder gar gefickt werden wollen.

Ich dankte Elaine für die Drinks, verabschiedete mich, holte meinen Mantel an der Garderobe und ging.

Aber der Türsteher hatte andere Pläne. Wieder grinste er mich an und ging mir einfach hinterher.

»Nichts Anständiges gefunden?«, fragte er hämisch. »Hätte ich dir gleich sagen können. Aber du musst nicht enttäuscht sein. Addi ist ja hier.« Er lachte ein doofes Lachen und zeigte mit dem Daumen auf seine Brust. »Ich kann dir geben, was du da drin nicht gefunden hast.«

Eigentlich sah er gar nicht mal so schlecht aus. Aber er hatte eine Scheiß-Ausstrahlung, und außerdem war mir alles, was an Lust einmal da gewesen sein mochte, gehörig vergangen. Und zum dritten wollte ich keinen anderen Mann, ich hatte *Silverwolf*.

»Nein danke!«, sagte ich und ging weiter.

Da hielt er mich am Arm fest.

»Steht dir doch ins Gesicht geschrieben, dass du's brauchst.« Er deutete auf mein Outfit. »Hast dich doch extra zurecht gemacht. Komm her!« Er riss mich in seine Arme und versuchte mich zu küssen. Ich wandte den Kopf zur Seite, wollte schreien. Doch er hielt mir den Mund zu. Da trat ich ihm mit dem Pfennigabsatz meines Highheels so fest ich konnte auf den Fuß und gleich darauf, als er aufschrie und mich für einen Moment lang losließ, mit meinem Knie mit voller Wucht direkt in die Eier.

Die Sache hatte sich geklärt.

Ich ging zum Bus und fuhr nach Hause.

19. SilverWolf

Der Reinfall im Swinger-Club brachte mich nicht von der Idee mit der Orgie ab. Mir war nur klar geworden, dass ich sie dann doch am besten selbst organisierte. Ich hatte *Silverwolf* gegenüber schon ein gehörig schlechtes Gewissen, aber es gab zu meinem Vorhaben keine Alternative. Jetzt, da ich in wenigen Monaten nahezu alles ausprobiert hatte, was ich mir in Sachen Sex vorstellen konnte, wollte ich nicht damit aufhören, ehe ich nicht auch eine Orgie gefeiert hatte.

Ich aktivierte meine alten Kontakte im Internet. Zuerst natürlich *Aphrodite.* Sie sollte ihren Mann mitbringen und auch *Luv_me* Bescheid geben, und die sollte noch eine Frau mitbringen. Dann rief ich *Trixster* an, *backdoor_BANGER* und *sharkey* und bat auch sie, jeweils eine Frau mit zu bringen. Alle waren begeistert von der Idee und sofort dabei. *LonelyHeart* ließ ich aus, der hätte wahrscheinlich eh nicht mitgemacht, genauso wenig *der_Kavalier*. *Fallen_Angel* war, wie schon in der Vergangenheit, leider nicht mehr auffindbar, und *Souleater* war für immer Geschichte.

Ich hatte auch kurz überlegt, meine Schwester einzuladen und ihren Freund. Vielleicht um ihr zu demonstrieren, dass ich nicht mehr das scheue, zurückhaltende Küken war, als das sie mich zweifellos immer noch betrachtete. Dann aber hatte ich es mir anders überlegt. Zum einen, weil ich sie mit meinem anderen Ich nicht zu sehr schockieren wollte, in der Hauptsache aber wohl, weil alle anderen nach der heutigen Nacht Vergangenheit sein würden, meine Schwester aber nicht. Und wenn das mit *Silverwolf* wirklich klappen würde, würde sie ihn über kurz oder lang als den Mann an meiner Seite kennenlernen, und ich wollte nicht riskieren, dass er irgendwas von dieser Orgie erfuhr.

Ich hatte meine kleine Wohnung schön zurecht gemacht, Kissen und Kerzen überall, gute Musik ausgesucht und genügend Drinks kaltgestellt. Zu essen gab es Finger Food, Chicken Wings mit Chili-Sauce, kalte Würstchen, Taccos und Encheladas, Gemüsestreifen und Cracker.

Nachdem ich ausgiebig gebadet und mich heute ganz besonders sorgfältig rasiert hatte, schlüpfte ich in die Dessous, die ich auch im Swinger-Club angehabt hatte: schwarze Spitzenwäsche, rote Lackkorsage, Fishnet-Stockings und Highheels, dazu die armlangen Handschuhe. Nur auf das Lederhalsband verzichtete ich.

Ich freute mich wie ein kleines Kind auf Weihnachten und konnte es kaum noch erwarten. Ich war rollig ohne Ende, aber auch ein bisschen ganz normal aufgeregt, wie man das vor jeder Party, die man gibt, irgendwie ist.

Aphrodite, Alex und *Luv_me* waren die ersten, die kamen. *Luv_me*, die Süße, trug ein hellblaudurchsichtiges Baby-Doll und hatte eine Freundin namens Bina mitgebracht, eine Real-World-Eroberung ... rote Haare, weiße Haut und smaragdgrüne Augen, ein bisschen mollig, aber herrlich große Brüste mit dicken Nippeln, die durch ihr provokantes »don't-stare-at-them – touch-them!«-T-Shirt stachen, unter dem sie nichts als einen schwarzen Slip und Highheels trug.

Aphrodite hatte einen roten Schnürbody aus Latex an und oberschenkelhohe Lederstiefel.

Alex trug ein enges T-Shirt und anliegende Boxer-Shorts. Er war jetzt der einzige Mann unter vier Frauen, die schon stundenlang rollig und rattig waren wegen der Orgie.

Es genügte ein einziger Blick zwischen uns Mädels, und schon machten wir uns zu viert über ihn her, einfach so – quasi erst mal zum Spaß. *Luv_me* und Bina knieten sich vor ihn, *Aphrodite* und ich stellten uns links und rechts von ihm auf, befreiten seinen Schwanz, den er uns nur zu gern mit einem Grinsen überließ, aus den Shorts und steckten ihn den beiden anderen Mädels abwechselnd in die offenen gierigen Münder, während Alex seiner Frau und mir zwischen die Beine griff und an uns herumspielte.

Bina saugte und lutschte wie eine kleine Besessene. Für mich, *Aphrodite* und *Luv_me* war das Spiel mit Alexs Schwanz ein kleines, eher spaßhaftes Geplänkel, eine Neckerei, Bina aber war direkt furchtbar geil und stopfte sich sein Fleisch bis zum Anschlag in die Kehle. Ihr Blick wurde glasig, und *Luv_me* griff ihr grinsend zwischen die Schenkel und drückte ihre Finger in die Freundin, die sofort zu zucken begann.

Aphrodite und ich küssten uns verspielt vor Alexs Gesicht, fassten einander an die noch artig verpackten Brüste. Alex musste sich an uns festhalten, so heftig war Binas Blowjob geworden.

Da klingelte es.

Ich gab *Aphrodite* und Alex noch schnell einen Kuss, dann überließ ich sie sich selbst und ging zur Tür. *Trixster* war angekommen ... und hatte gleich zwei Frauen mitgebracht, beide in knallengen Krankenschwesternkostümen.

»*Sugar_Babe* und *Sugar_Sweetheart*«, stellte er sie vor. »Zwillinge!«, fügte er stolz, aber völlig überflüssigerweise hinzu, denn dass die beiden Zwillinge waren, war nicht schwer zu erkennen. Beide blondgesträhnt und solariumgebräunt, Marke Pornomodells – schmale Taille, Silikontitten.

»Elfenprinzessinnen!«, lachte ich ein wenig ironisch und küsste ihn auf die Wange.

»Aus dem Alter bin ich raus!«, gab er lachend zurück, und ich begrüßte die beiden Schnecken freundlich. An der Uni oder im Job hätte ich vielleicht spontan allergisch auf sie und den Schlampen-Sex, den sie ausstrahlten, reagiert. Hier und heute aber waren sie genau richtig.

Ich verteilte Drinks.

»Oh, hier geht's ja schon zur Sache«, kicherte die, von der ich glaubte, dass sie *Sugar_Babe* war, als sie Alex und seine drei Nymphen sah. Bina lag breitbeinig auf dem Rücken, und *Luv_me* fickte sie mit den Fingern, ohne dabei Alexs Schwanz aus dem Mund zu nehmen.

»Ich hoffe nur, es kommen noch ein paar mehr Männer, sonst teilen wir Bernie nicht mit euch!«, sagte *Sugar_Babe* im Spaß.

Ich schaute *Trixster* an und hätte mich fast an meinem Drink verschluckt. »Du heißt Bernie?«, prustete ich.

»Ein guter, alter Name«, verteidigte er sich gespielt pikiert.

»Hat er euch auch schon mal im Wald gefickt?«, fragte ich die zwei Blondies grinsend.

Sie lachten.

»*Wir* haben ihn schon mal im Wald gefickt!«, sagte *Sugar_Sweetheart.*

»Da habt ihr aber Glück gehabt, dass euch keine Spaziergänger erwischt haben!« Ich grinste *Trixster* an. Den winzigen Seitenhieb war ich ihm noch schuldig. Er grinste zurück ... er verstand, dass ich nur Spaß machte.

»Doch!«, widersprach *Sugar_Babe.* »Ich war die Spaziergängerin. Weil, eigentlich hatte er sich mit meiner Schwester verabredet und er wusste gar nicht, dass auch ich da bin oder dass es mich überhaupt gibt. Als sie dann das erste Mal gekommen war, hat sie so getan, als ob sie mal in die Büsche müsste und ich hab übernommen. Und dann so weiter.«

»Wir haben das schon oft gemacht: uns bei Kerlen heimlich abgewechselt, meine ich«, gab *Sugar_Sweetheart* zu, während Bina im Hintergrund ihren ersten Orgasmus herausschrie, »aber Bernie ist der einzige, der dabei nicht zusammengebrochen ist.«

»Ja, Ausdauer hat er«, bestätigte ich und griff ihm zwischen die Beine, wo es bereits schön fest war. »Ich freu mich schon drauf!« Ich zwinkerte.

»Hey, der gehört uns«, maulte *Sugar_Babe* schmunzelnd. Ich packte sie im Nacken in ihrem langen Haar und knutschte sie hart. Fast wie instinktiv öffneten sich ihre Lippen, als ich ihr fordernd meine Zunge tief in den Mund steckte, und sie stöhnte erregt auf, schmiegte sich direkt an mich dran. Dann riss ich ihren Kopf wieder zurück, sie hatte glasige Augen.

»Heute nacht fickt hier jeder mit jedem, Chica«, stellte ich mit einem triumphierenden Grinsen fest, und sie lächelte mich angetörnt an.

»Okay.« Sie nickte mit ihrem hübschen Köpfchen und floss mir in die Arme, fasste nach meinem Arsch, schmiegte ihre Muschi gegen meinen Schenkel und ließ sich bereitwillig und hingebungsvoll von mir küssen.

Ich griff ihr in den ohnehin weit offen stehenden Ausschnitt. Die Silikonbrust fühlte sich gar nicht so schlecht an, und ihr Nippel war sofort hart.

Aber da klingelte es auch schon wieder, und ich musste sie *Trixster* überlassen, der mit Blondie Nummer zwei gerade hinüber zu *Aphrodite* und Alex ging, die jetzt zusammen mit *Luv_me* an Bina herumspielten und sie förmlich zum Quieken brachten. Ja, tatsächlich, die Süße quiekte vor Vergnügen wie ein kleines Ferkelchen, während die anderen drei sie verwöhnten. Alex lutschte an ihren Brüsten, *Aphrodite* leckte sie, und *Luv_me* knutschte mit ihr.

Vor der Tür stand *sharkey*. »Hab leider so schnell doch keine mehr gefunden«, zuckte er entschuldigend mit den Achseln. Statt zu antworten, ging ich mit einer fließenden Bewegung in die Knie, zog ihm die Jogginghose runter, die er über seinem knappen Slip trug und stopfte mir seinen warmen, weichen Prügel zwischen die Lippen.

»Mcht nchts«, röchelte ich mit vollem Mund, »schbnjada.« Was so viel hieß wie: »Macht nichts, ich bin ja da!«.

Ich lutschte ihn, bis er schön hart war und stand dann auf, seinen Schwanz jetzt mit meiner Hand haltend. Ich küsste ihn zur Begrüßung auf die Wange.

»Schön, dass du da bist«, zwinkerte ich, und seinem verdutzten Gesichtsausdruck konnte ich entnehmen, dass er ganz schön überrascht war, mich so verändert, so locker und so frei zu sehen. Schließlich war er es gewesen, der mir beigebracht hatte, das Wort »ficken« auszusprechen ohne dabei zu stottern.

»Chica!«, rief ich nach hinten, und *Sugar_Babe*, die gerade mit *Trixster* knutschte, schaute zu mir her. »Komm her! Hier ist der Mann, den du bestellt hast.« Sie lächelte und kam zu uns. »Dreh dich rum!«, befahl ich ihr, und sie tat brav, was ich sagte. »Bück dich, du geiles Stück!« Sie bückte sich. Ich schob ihr knappes Krankschwesternröckchen hoch, ihren Slip zur Seite und legte ihre Pussy frei. Dann zog ich *sharkey* an seinem Schwanz heran. *sharkey* grinste und ich schob seinen Schwanz hinein in dieses kleine süße rosa Loch.

Blondie stöhnte auf. Ich holte *sharkey* einen Drink, während er die kleine Krankenschwester an der Taille packte und schön von hinten in sie hineinstieß.

Dann kam endlich auch *backdoor_BANGER*. Er hatte eine Schwarzhaarige Mollige dabei, die sich sinnigerweise *ANALita* nannte und wie ich Spitze, eine Korsage und Highheels trug.

Die Party konnte beginnen.

Ob jemand was von der Musik mitbekam, weiß ich nicht, das Essen blieb auf jeden Fall lange unberührt, denn wir hatten genug anderes, was wir uns in die Münder schieben konnten.

Aphrodite saß zuckend auf *Trixsters* Gesicht und blies zusammen mit der immer noch völlig geilen Bina Alexs Schwanz, während *Sugar_Sweetheart* sich auf *Trixsters* Schwanz gespießt hatte, ihn ritt und dabei *Luv_me*, die breitbeinig vor ihr stand, mit meinem Gummidildo bearbeitete.

sharkey hatte alle Hände voll zu tun mit *Sugar_Babe*, und ich ließ mich genussvoll von *ANALita* lecken, die kniend *backdoor_BANGER* ihren großen runden Arsch entgegenreckte und seine harten, kraftvollen Stöße wie nichts abfederte.

Irgendwann, ganz fließend und ohne Stress, wechselten die Paarungen. Überall schwitzende, sich windende, zuckende und stoßende Leiber ... süße Lustseufzer, geiles Stöhnen, kleine Schreie, brünstiges Männerröhren ...

... *sharkey* saß verschwindend schmal unter *ANALita* ...

... Alex fickte *Sugar_Babe* oder *Sugar_Sweetheart* in Löffelchenposition von der Seite ...

... Bina, der quierlige Rotschopf, lag völlig ausgepowert in einer Ecke und verschnaufte ...

... *Aphrodite* hatte den Strap-on umgeschnallt und besorgte es der breitbeinig unter ihr liegenden *Luv_me*, während *backdoor_BANGER* wiederum auf *Aphrodite* hockte und sie von ganz hinten nahm ...

... und *Trixster* wechselte sich bei mir und Blondie Nummer zwei, die wir engumschlungen und knutschend aufeinander lagen, ab und stopfte uns seinen schönen Schwanz in beide Muschis und in beide Ärsche.

Dann verlor ich eine Zeitlang den Überblick. Ich hab auch keine Ahnung mehr, wie oft ich gekommen war und mit wem alles.

Später, als dann die erste Gier gestillt war, hockten wir beisammen und aßen ein bisschen was.

Alles in und an mir glühte und brannte. Meine Klamotten, die wenigen, die ich noch anhatte, hingen mir in Fetzen vom Leib. Den anderen ging es nicht besser. *sharkey* hielt sich stöhnend die Eier und rieb Eiswürfel über seinen Schwanz, die zwei *Sugars* lagen links und rechts in *Trixsters* Armen, und Bina spielte sich zwischen den Beinen rum.

Ich war einerseits völlig befriedigt, schrie andererseits aber nach noch mehr, nach noch viel mehr. Ich hatte den Zustand des Sattseins spielerisch überschritten.

»So Leute«, sagte ich. »Jetzt beanspruche ich mein Recht als Gastgeberin. Ich werd mich jetzt auf mein Bett legen und dann will ich, dass ihr alle mich fickt!«

»Nacheinander oder gleichzeitig?«, feixte *Aphrodite*.

»Ganz wie ihr wollt!« Ich lachte und ging auf zugegeben ziemlich wackeligen Beinen hinüber zum Bett. *Trixster*, dieses Wunderwerk der Natur, war sofort bei mir. Er packte mich, spreizte meine Schenkel und spießte mich auf. Ich schrie auf vor Lust. Die Reizschwelle war überschritten und jede noch so kleine Berührung ließ mich erschauern vor Geilheit und Wollust.

Trixster drehte sich herum, sodass er nun auf dem Rücken lag und ich auf ihm hockte.

»Backdoor!«, rief er und winkte. *backdoor_BANGER* ließ sich nicht zweimal bitten. Er stand auf und bestieg mich von hinten.

Mir blieb die Luft weg, als der zweite Schwanz sich in mich drückte. Dann fingen die beiden an, abwechselnd in mich zu stoßen. Ich glaube, ich kam schon bei dem dritten oder vierten Stoß, aber sie machten weiter.

Plötzlich standen *sharkey* und Alex vor mir am Kopfende des Bettes. Ihr pochendes Fleisch schwebte vor meinem Mund, und ich nahm sie beide tief zwischen meine Lippen, um mit ihnen meine heißen Schreie zu ersticken.

Aphrodite kam dazu, dann die anderen Mädels alle. Sie streichelten mich überall, kniffen meine Nippel, küssten meinen Hals ... Bina, das kleine Luder, lag zwischen meinen Schenkeln und kühlte *Trixsters* und *backdoor_BANGERS* Fickgeräte mit ihrer Zunge.

backdoor_BANGER spritzte als erster ...

Aphrodite löste ihn mit dem Strap-on ab ...

Ich schrie so gut es die Schwänze in meinem Mund zuließen ...

... und schrie ...

... und schrie.

Es war, als ob mir der Kopf explodierte, als ob es mir die Brüste sprengte, als ob es mir den Unterleib auseinanderriss. Aber es war geil ... so geil!

Doch plötzlich sah ich aus den Augenwinkeln etwas, was nicht stimmte. Ich brauchte einen Moment, um zu erkennen, was es denn war. Dann fiel es mir ein. Neben mir stand ein völlig angezogener Mann.

Ich wandte den Kopf.

Es war Marcus!

Und mit einem Mal stand die ganze Welt still. Das Ficken hörte auf. So sehr wirkte die pure Anwesenheit dieses Mannes auf die anderen.

In seiner Hand hielt er einen Strauß Rosen und ein kleines Schmucketui. Es waren die ersten Blumen, die mir jemals ein Mann mitgebracht hatte.

Nie, und wenn ich noch so alt werden sollte, werde ich den Ausdruck in seinem Gesicht vergessen. Es war ein ernstes Gesicht – das war es ja fast immer – aber zum aller ersten Mal seit ich ihn kannte, sah ich, wie seine Mundwinkel bebten. Fast konnte ich hören, wie seine Zähne aufeinander mahlten.

Aber erst seine Augen …

Ich ahnte, dieser Mann hatte seit Ewigkeiten nicht mehr geweint, das gehörte nicht zu seiner Natur, aber jetzt standen in diesen tiefblickenden Augen Tränen.

Er sah mich an.

Lange.

Ganz so, als wollte er sich den Anblick, der sich ihm bot, in die Netzhaut brennen, um ihn nie wieder zu vergessen.

Und ich hockte da, aufgespießt von *Trixster* und *Aphrodite* und hatte *sharkeys* und Alexs Schwänze im weit aufgesperrten Mund, an dessen Seiten die Spucke und das Sperma nur so herabliefen, die Schminke zu schwarzen Tränen verlaufen, das schweißnasse Haar in der erhitzten Stirn klebend.

Marcus atmete tief ein. Dann legte er die Rosen und das Etui neben mich auf das Bett, drehte sich herum und ging.

»Er hat geklingelt, da hab ich aufgemacht«, versuchte *backdoor_BANGER* sich zu entschuldigen als er sah, wie schmerzerfüllt mein Blick war. »Ich dachte, noch jemand für die Party.«

Ich befreite mich von den anderen und stand auf.

Und dann stand ich ganz einfach da ... und weinte still.

20. OffLine

Ich rief an, immer und immer wieder. Marcus nahm nicht ab. Ich ging ins Internet in den Chat, um ihm dort eine Nachricht zu schreiben. Er hatte sein Profil gelöscht. Ich schrieb ihm normale E-Mails. Sie kamen zurück mit der Bemerkung »Annahme verweigert« … so wie die echten Briefe, die ich ihm schrieb.

Fünf Tage und sechs Nächte lang weinte ich mir die Augen aus dem Kopf, ging weder an die Uni noch zur Arbeit, meldete mich einfach krank, denn ich fühlte mich krank. Ich fühlte mich, als hätte man mir das Herz herausgerissen und Salzsäure in den Magen gekippt. Und niemanden anderen als mich selbst traf die Schuld an meinem Zustand.

Am sechsten Tag entschied ich mich dazu, zu ihm zu fahren, um ihn ganz persönlich um Verzeihung zu bitten … um Vergebung … um das Vergessen dessen, wessen er Zeuge geworden war.

Ich rechnete mir nicht wirklich eine Chance aus, und ich wusste, dass es ein schwerer Weg werden würde, aber ich war fest entschlossen, hinzugehen, es wenigstens zu versuchen. Ich konnte nicht akzeptieren, ihn für immer verloren zu haben. Und ich war es ihm einfach schuldig.

Ich lieh mir den Wagen meiner Schwester und fuhr zu *Silverwolfs* Haus. Als ich die Treppe zu seiner Veranda nach oben ging, zitterte ich wie Espenlaub und meine Knie waren ganz weich, so wie damals, als ich diese Treppe das aller erste Mal hinaufgegangen war – und doch so anders. Meine heutigen Gefühle hatten nichts mit Erregung zu tun oder Vorfreude. Ich zitterte aus Verzweiflung, aus Angst davor, dass er mich abweisen würde.

Ich klopfte. Er machte nicht auf, obwohl ich hören konnte, dass er zuhause war. Ich klopfte immer wieder. Er ignorierte mich. Ich setzte mich auf die Treppe und wartete.

Wartete.

Wartete.

So unmenschlich kann niemand sein!, dachte ich bei mir. *Irgendwann wird er mir die Tür öffnen und mich anhören!*

Wird er nicht!, sagte etwas in mir. Es war meine innere Stimme, von der ich schon so lange nichts mehr gehört hatte. *Warum sollte er auch? Und wenn wir schon beim Thema unmenschlich sind ... wer von euch beiden war denn unmenschlich?*

Halt die Klappe, Du Miststück!, antwortete ich ihr stumm.

Wer von uns beiden das Miststück ist, liegt wohl auf der Hand, gab sie schadenfroh zurück.

Es ist alles deine Schuld!, blaffte ich sie an.

Wie jetzt?!, fragte sie heftig zurück. *Meine Schuld?!*

Hättest du mich damals nicht dazu getrieben, bei der Dating-Hotline anzurufen, wäre nichts von all dem hier passiert!, warf ich ihr vor.

ICH, meine Liebe, habe dich vielleicht zu einem kleinen erotischen Streich überredet, antwortete sie seelenruhig. *DU in deiner unstillbaren Gier hast daraus einen Kreuzzug quer durch die Betten von halb England gemacht! DU warst gerade auf vier Schwänze gespießt, als die große Liebe deines Lebens mit einem Ring vorbeikam, um dich zu bitten, seine Frau zu werden.*

Ich brach zusammen und weinte haltlos. Ich schrie sogar auf, so bestialisch reißend war der Schmerz ... die Erkenntnis, dass sie recht hatte, meine innere Stimme. Aber wo war sie denn all die Monate gewesen? Warum hatte sie mich nie gebremst?

Es war sinnlos, ihr die Schuld zuweisen zu wollen. Ihr oder sonst irgendjemandem. Die Schuld traf ganz allein mich.

»Verlass bitte mein Grundstück«, sagte da eine mir nur allzu gut bekannte tiefe Stimme hinter mir. Es war Marcus. Er stand in der Tür. »Du weckst die Nachbarn mit deinem Rumgeheule.«

Ich schaute mich verwundert um. Es war inzwischen tatsächlich Nacht geworden ... und ich fror. Der Sommer war so gut wie vorüber und die Nächte waren schon wieder unangenehm kalt. So kalt wie die Augen, mit denen mich Marcus jetzt anschaute.

»Marcus!«, schluchzte ich. Meine Lippen bebten, und dicke Tränen flossen mir heiß die Wangen herab.

Er antwortete nicht.

»Verzeih mir!«, flehte ich.

»Es gibt nichts zu verzeihen«, sagte er tonlos. »Du bist wie du bist. Bitte geh!«

»Schick mich nicht wieder fort!«, bettelte ich.

»Es war ganz allein deine Entscheidung«, sagte er. »Du hattest darum gebeten, mehr zu sein, als eine reine Fickgeschichte, ich habe dir meine Liebe geschenkt. Sie war dir zu wenig – oder zu viel! Es spielt keine Rolle mehr. Wenn du in fünf Minuten noch da bist, werde ich die Polizei rufen und dich wegen Ruhestörung und Hausfriedensbruch anzeigen.«

Und damit ging er zurück ins Haus und schloss die Tür hinter sich. Ich saß noch immer auf der Treppe mit weit offen stehendem Mund, einem Gefühl, das wie Ersticken war. Hatte ich vorher geglaubt, dass der Schmerz in mir der größte meines Lebens war, wurde ich jetzt eines besseren belehrt.

Wie, um alles in der Welt, konnte jemand so kalt, so herzlos sein?!

Herzlos?, flüsterte meine innere Stimme – auch sie weinte. *Dieser Mann hatte mehr Herz als jeder andere Mensch, der dir jemals begegnet ist ... und er hat es dir geschenkt ... und du hast es nicht nur mit Füßen getreten, du hast es ihm herausgerissen!*

Das gibt ihm nicht das Recht, mich wie Dreck zu behandeln!!!, schrie ich stumm zurück.

»Niemand hat das Recht, mich wie Dreck zu behandeln!!!«, schrie ich dann auch laut gegen seine Tür, drehte mich herum und stapfte davon.

Wie immer, wenn der Schmerz in der Seele eines Menschen zu groß ist, ihn noch länger ertragen zu können, verwandelt er sich in Wut, ja in Zorn. Denn Zorn ist das einzige Mittel, das uns davor bewahrt, am eigenen Schmerz zu zerbrechen, zu verrecken. Fremdem Schmerz können wir begegnen mit Trost, mit Mitleid, mit Gleichgültigkeit oder Verachtung, dem eigenen aber nur mit Zorn.

Und so hatte ich mit einem Mal ganz plötzlich aufgehört, wegen *Silverwolf* Schmerz zu empfinden. Ich war nur noch zornig. Zornig auf seine Kälte, auf seine Überheblichkeit, sein gottverdammtes Konsequentsein.

Mich – die ich tagelang versucht hatte, ihn anzurufen, ihm zu schreiben, um ihn um Verzeihung zu bitten, die ich mich erniedrigt hatte, weinend vor ihm auf der Treppe zu sitzen – einfach so davon zu jagen!

Wer braucht schon ein geschenktes Herz, das nicht verzeihen kann?

***

Mein Weg führte mich irgendwie wie von selbst in eine Hotelbar.

Ich war mir sicher, hier würde ich finden, was meine mir inzwischen völlig blödsinnig vorkommenden Gedanken an *Silverwolf* vertreiben würde.

Wer braucht überhaupt ein Herz, wenn er Spaß haben kann?!?

Ich ging auf die Toilette und wusch mir die Spuren der Tränen aus dem Gesicht. Zwei, drei Striche Eyeliner, etwas Make-up, Rouge und Lippenstift brachten mich wieder einigermaßen in Ordnung.

Dann ging ich in die Bar, setzte mich an die Theke und bestellte einen Vodka Bull. Schräg gegenüber der Bar saß an einem E-Piano, von etwa einem Dutzend stehender Gäste umringt, ein Sänger, der phantastische Live-Musik machte. In den Sesseln und auf den Lederbänken weiter weg saßen noch etwa dreißig weitere Gäste. Die Stimmung war gut.

In einer Ecke der Bar hatte ein Geschäftsmann, Mitte Dreißig, einen kleinen Tisch ganz für sich allein beansprucht. Er war etwa eins achtzig groß, hatte schwarze Haare mit leicht grauen Strähnen, blaue Augen und trug einen dreiteiligen Anzug mit weißem Hemd und Krawatte. Er hatte lässig das eine Bein über das andere geschlagen, nippte an seinem Drink und beobachtete mit kühlem Blick, was um ihn herum geschah. Er schien auf irgendetwas zu warten. Als sein suchender Blick nun mich erreichte, lächelte er kurz. Ich lächelte wie automatisch zurück. Dann suchte er weiter.

Etwa eine halbe Stunde saßen wir beide allein auf unseren Plätzen. Immer wieder wanderte sein Blick zu mir und meiner zu ihm, und jedes Mal, wenn unsere Blicke sich trafen, lächelten wir kurz.

Er gefiel mir.

Nein, eigentlich gefiel er mir nicht, zumindest nicht besonders, aber das hätte ich in diesem Moment nicht zugeben können. Ich suchte Ablenkung ... und vielleicht, völlig schwachsinnigerweise, so etwas wie Rache an *Silverwolf*. Ich wollte ihm beweisen, dass ich ihn nicht brauchte ... obwohl er gar nicht hier war, um der Beweisführung beizuwohnen. Viel eher wollte ich wahrscheinlich mir beweisen, dass ich ihn nicht brauchte.

Als der Fremde daher von seinem Platz aufstand und mir im Vorübergehen »Komm mit mir!« zuraunte, überlegte ich nicht lange, stand auf und ging ihm einfach hinterher. Es bedurfte keiner weiteren Worte mehr, unsere Blicke und Lächeln waren Verabredung genug gewesen. Ich folgte ihm zum Lift, den wir beide schweigend betraten. Während er nach oben fuhr, betrachtete mich der Mann. Wir lächelten beide, sprachen aber noch immer kein Wort.

Ich ging mit ihm in sein Zimmer.

»Zieh dich aus!«, sagte er und begann damit, seine Krawatte aufzunesteln. Seine direkte Art gefiel mir. Ich zog meinen Pulli aus, er sein Jackett und seine Weste. Ich schlüpfte aus meiner Hose, er aus seiner. Er schaute mich eingehend an. Ihm gefiel, was er sah, die Beule in seinem Slip sprach Bände.

Er wartete nicht, bis ich auch BH und String ausgezogen hatte, sondern trat zu mir heran und drückte mich auf die Knie herunter. Ich war froh, dass er mich nicht küssen wollte. Meine Finger zogen seinen Slip nach unten. Sein Schwanz war mittelgroß und schon fast hart, sauber.

Wer brauchte schon ein Herz, wenn er einen sauberen Schwanz haben konnte?!

Ich öffnete die Lippen und nahm ihn in den Mund. Nass

und tief. Er griff nach meinem Kopf, um mich zu dirigieren, ich schüttelte ihn ab, dirigierte meinen Takt selbst ... leckte ihn langsam und intensiv, weniger um ihn, als mehr um mich zu berauschen.

Langsam wurde mir warm.

Langsam kam der Genuss.

Langsam wurde ich erregt.

Sein warmes pochendes Fleisch glitt zwischen meinen Lippen vor und zurück. Ich streichelte mit ausgestreckten Fingern seine strammen Schenkel, seinen festen Arsch ... krallte meine Nägel in seine Haut.

»Keine Spuren!«, keuchte er. Da erst sah ich den kleinen goldenen Ring an seinem Finger.

Es spielte keine Rolle.

Ich stülpte meinen Mund so tief über ihn, bis ich röchelte, bis ich keine Luft mehr bekam. Der Sauerstoffmangel verstärkte meinen Rausch, das Wummern in meinem Nacken, das Kribbeln in meinen Brüsten, das Lebendigwerden meiner Muschi.

Er zog mich nach oben, drückte mich aufs Bett ... zerrte mir den BH von den Brüsten ... befummelte sie, bis sie hart waren und kniete sich zugleich mit wippendem Schwanz zwischen meine Schenkel. Ich zog hastig den String aus ... packte ihn bei der Hüfte ... zog ihn zu mir ... er schob seinen Schwanz in mich ... ich stöhnte auf. Jetzt wollte er mich doch küssen, er war gierig ... ich drehte den Kopf zur Seite weg, gab ihm nur meinen Hals.

Er stützte sich links und rechts von mir auf seine Hände ... begann mich zu ficken ... mein Körper reagierte wie mechanisch ... stieß ihm erregt entgegen ... meine Muschi gierte nach seinen Stößen ... meine Beine schlangen sich um seine Hüften ... zogen mich ihm fest entgegen ... er stieß noch fester zu.

Schneller!

Tiefer!

Mein Becken zuckte ... immer unkontrollierter ... während sein Fleisch in mir hin und her wütete ... mir mehr und mehr Blut in den Schoß rauschte ... ich immer heftiger stöhnte ...

... aber der letzte Kick fehlte.

»Fick mich von hinten!«, keuchte ich, süchtig nach dem Orgasmus, der mich alles vergessen lassen sollte, was geschehen war. Süchtig nach dem Orgasmus, der mir *Silverwolf* aus dem Herzen brennen sollte.

Für immer!

Der Fremde warf mich herum ... zog mich auf alle viere hoch ... packte meine Arschbacken ... setzte die Eichel an meine nasse, hungrige Muschi ... presste sie in mich ... stieß zu ... fand seinen Takt ... fest ... tief ... schnell ... hart!

»Ja!«, knurrte er. Seine Stimme war lange nicht so tief wie die von *Silverwolf* ... seine Stöße nicht halb so kraftvoll oder intensiv.

Er griff nach vorn um mich herum und fummelte an meinen Nippeln, die brannten, aber nicht vor Erregung, sondern vor Hunger ... Hunger auf andere Hände!

»Ja!«, rief er noch einmal, sich in mich hinein treibend als gäbe es kein Morgen.

Er kam, spritzte mir auf den Arsch, spritzte mir auf den Rücken.

Ich kam nicht ... ich hätte heulen können.

»Mach weiter!«, rief ich. Doch er schubste mich von sich weg nach vorn aufs Bett und ließ sich erschöpft keuchend und völlig verschwitzt neben mich fallen.

Ich stand auf und ging ins Bad.

***

Als ich zurückkam, lag er unter der Decke. Er deutete mit dem Finger auf den Nachttisch ... auf vier Fünfzig-Pfund-Scheine.

»Das dürfte genug sein!«, sagte er kühl. »Du kannst jetzt gehen. Ich muss schlafen.«

Ich stand da und wusste nicht, was ich sagen sollte.

Hin und wieder davon zu träumen, eine Hure zu sein, hat seinen ganz eigenen romantischen und erregenden Reiz. Tatsächlich wie eine behandelt zu werden, ist eines der schlimmsten Gefühle, die man sich vorstellen kann.

Als ich das Geld sah, fühlte ich mich fast genau so schlecht wie damals mit *xXx-Dreams* in der alten Fabrik, und dieses Mal hatte mein Schmerz überhaupt nichts mit *Silverwolf* zu tun. Oder doch?

»Du bist wie du bist!«, hatte er in der Tür seines schönen kleinen Hauses stehend gesagt.

Der Fremde, der mich gerade gefickt hatte, behandelte mich nicht nur wie eine Nutte, wurde mir plötzlich klar, er hielt mich tatsächlich für eine!

Ich zog mich schnell an und ging ...

... und weinte erst wieder, als ich im Auto saß.

Dieses Mal weinte ich nicht um *Silverwolf*.

Dieses Mal weinte ich um mich!

Epilog

Ich habe inzwischen aufgegeben, bei *Silverwolf* anzurufen ... er hat sich eine neue Nummer geben lassen. Zu ihm zu fahren macht auch keinen Sinn mehr. Einmal hat er tatsächlich die Polizei gerufen und ich kam mir vor wie eine Verbrecherin. Inzwischen hat er sogar ein Gittertor an den Eingang seines Grundstücks gebaut ... und als ich das letzte Mal ganz in der Nähe davon im Wagen meiner Schwester gesessen hatte, einfach nur, weil ich ihm nah sein wollte, hat er dieses Tor für eine andere Frau aufgemacht.

Ich habe es nicht wirklich anders verdient – habe die Grenzen nicht erkannt zwischen Lust und Besessenheit, habe den Moment verpasst, an dem ich hätte aufhören müssen. Das wird mir nie wieder geschehen!

Aber ich bezweifle, dass ich jemals wieder einen Mann finden werde wie ihn.

Der Einzige, der ihm, dem silbernen Wolf, ähnlich war in Stärke, in Wärme und in der Fähigkeit, absolut und ausschließlich zu lieben, war *LonelyHeart*.

***

Ich wähle seine Nummer, ehe ich merke, was ich da tue.

»Ja?«, meldet er sich, aber ich ... ich bringe kein Wort raus. »Prinzessin?«, fragt er nach einer kleinen Weile. Er hat mich nicht vergessen.

»Ja.« Ich lächle zaghaft. Jetzt schweigt er. »Möchtest du immer noch mit mir zusammen fliegen, einsames Herz?«, frage ich scheu.

»Mein Herz ist nicht mehr einsam, Prinzessin«, sagt er leise, und es klingt ein wenig bedauernd. »Seit Monaten schon nicht mehr ... Es tut mir leid.«

Zwei kleine Tränen steigen mir in die Augen.

»Aber wenn du einen Freund brauchst ...«, bietet er an.

»Schon okay«, sage ich und lege auf, damit er nicht hört, dass ich zu weinen beginne.

***

Ich werde von vorn anfangen.

Ich habe viel Schönes erlebt in den letzten Monaten, aber auch viel Seltsames. Die Schmerzen, die mir dabei begegnet sind, habe ich zum größten Teil selbst verursacht. Ich werde eine Auszeit nehmen vom Internet, mich wieder mehr auf das reale Leben konzentrieren, auf mein Studium, meinen Job.

Schritt eins: Ich werde mein Profil löschen!

Ich schalte den Computer ein, gehe online, logge mich in den Chat.

PING!

Eine Nachricht! Von einem gewissen ›fickforfun‹ ... Witziger Nick, bringt mich zum Lächeln.

Zuerst will ich sie ungelesen löschen.

Dann aber ...

... lesen kostet schließlich nichts.

hallo, sweet_princess ...